所有美好，终将如花绽放

清菡 ◎ 著

中国华侨出版社

图书在版编目（CIP）数据

所有美好，终将如花绽放 / 清菡著 .—北京：中国华侨出版社，2017.6
ISBN 978-7-5113-6868-3

Ⅰ.①所… Ⅱ.①清… Ⅲ.①散文集－中国－当代 Ⅳ.① I267

中国版本图书馆 CIP 数据核字（2017）第 113307 号

所有美好，终将如花绽放

著　　者 /	清　菡
责任编辑 /	桑梦娟
责任校对 /	高晓华
经　　销 /	新华书店
开　　本 /	670 毫米 ×960 毫米　1/16　印张 /17　字数 /247 千字
印　　刷 /	北京建泰印刷有限公司
版　　次 /	2017 年 7 月第 1 版　2017 年 7 月第 1 次印刷
书　　号 /	ISBN 978-7-5113-6868-3
定　　价 /	36.00 元

中国华侨出版社　北京市朝阳区静安里 26 号通成达大厦 3 层　邮编：100028
法律顾问：陈鹰律师事务所
编辑部：（010）64443056　　64443979
发行部：（010）64443051　　传真：（010）64439708
网　址：www.oveaschin.com
E-mail：oveaschin@sina.com

自序

世间种种，让人记住的，也不过是一些美好的事物吧。

太阳每天升起、落下又升起，为的是让人们抬头见阳、见暖。风每天在地上写意，为的是让人们看到绿、看到花、看到五彩斑斓的世界。

路上，风带着我，走过山川，走进古镇，走向田野。我嗅着清晨淡淡的花香，披着夕阳薄薄的暮色。看天，看云，看一棵草长，看一朵花开。听鸟鸣叫，听泉唱歌，听风声，听雨落，路过一些故事，看到一些人。默默地走，静静地坐，享受慢下来的时光。美就像影子，我走到哪里，它就跟我到哪里。

斜风翻古书，细雨烹新茶；花前树下来听雨，风清之夜去赏月；清晨听鸟鸣，午后品咖啡。在烟火里偷闲，在红尘里找雅。沉下一颗心来，让情调在琐碎里演绎，让浪漫在烟火里妖娆。美有生命时，生活就有了质感。

一颗爱美的心，在生活里漫步成风景，在忙碌里挥墨成诗行。让生活慢下来，在烟火里看花，在尘世里寻美，动容于一朵花，钟情于一件衣。向着美好的事物低头，心的枝头上，就会挂上美的花朵。那些花朵，是自然界举出的灯盏，是生活赠予女人的礼物。它们温暖着日常，装扮了生活，也启迪着我。

红尘中，我会遇到一些人，会遇到一些善良和丑恶，会遇到一些幸福和苦难。但，美始终是带着霸意的，它不由分说地会保留一些，会驱赶一些，也会把一些变成另外一些。我能做的，就是尽量添加。有时用行动，有时用话语，更多的时候用文字。我知道，它也许是一小股风，但所过之处，空气定会流动。我愿一直做这样的加法。

其实，生活里不都是春天，也会有凄风苦雨，也会有孤独寂寥。当它们来临时，更多的时候，我煮字疗饥，抱文取暖。文字带给我的是远比生活更生动的展开，它让我遇到了更美的自己。当心插上羽毛的时候，就没有抵达不了的地方。精神的家园，灵魂的栖息地，让我的世界春暖花开，让我的快乐翩然起舞。

或者，银盘里盛花，拾一截回忆取暖。亲情永远是不离不弃的热水袋，而友情是洒落在城市里的点滴温暖。打开记忆的通道，沉在岁月深处的往事，渐渐地浮上来，浮上来时，就变成了暖。心中的雪再浓也能化开，生活里的冷再厚也能驱散。何况，只要有一颗向阳的心，就不愁看不到阳光，就不愁盼不来春天。

时光总是那么快，连声招呼都不打，就急急赶来。不觉间，岁月就把我推到秋天的路口。往前看，都已成为过往；向后望，还有很多未知。

我告诉自己，即使自己变成一朵干花，也要保持绽放的姿势。我也告诉自己，要把每一天过好，过成春天，过成一朵花。

不管我是年轻，还是年老，我都要自己是一株向日葵，以恒久的姿态，守着太阳，努力地开，乐观地笑。然后，我对自己说，秋已凉，有美在，何惧？

那么，亲爱的，你呢？

目录 Contents

第一辑　每个女子心里都有一朵桃花

003　每个女子心里都有一朵桃花

007　爱到深处是不安

010　不觉忽已老

013　我更爱你被岁月摧残的容颜

015　厮守

018　未了情

021　暗恋

028　初恋

第二辑　闲看清纯栀子花

035　花落忘川情彼岸

038　百年好合笑相依

041　闲看清纯栀子花

045　朝颜蔓碧花

048　花如指甲命长寿

051　大日山茶小树红

054　天女木兰

058　平野菜花春

066　月下美人

第三辑　把日子过成花

073　建一座木屋在山上

077　月明风清

081　听雨

085　在咖啡里沉溺

089　熬一锅粥喝

093　缱绻午后

097　晨歌

102 花瓣雨
106 春来就该去看花
110 老歌
114 把日子过成花

第四辑　棉麻情结

121 红
125 棉麻情结
133 麻花辫
136 最是那回眸一笑
138 纤纤素手
141 手帕
145 女人如玉
148 人与酒

第五辑　乘着火车去远方

- 153　乘着火车去远方
- 157　锡崖沟
- 161　风情鼓浪屿
- 165　见蟒河
- 169　曾厝垵
- 173　荒凉戈壁滩
- 177　惠山古镇
- 181　情人谷，梦开始的地方
- 185　家乡的冬

第六辑　母亲的三月

- 191　一个叫简的女子
- 199　五朵月季
- 204　爷爷用烧酒腌制寂寞

209　　母亲的三月

213　　外婆，下辈子你要走成风景

217　　我的婆婆

221　　辣事

225　　干练

第七辑　停不下的爱

231　　牵手

236　　停不下的爱

240　　洒爱

244　　一只蝴蝶发卡

248　　有骨头的仙人掌

252　　绿萝青青

257　　从伤口上开出花来

第一辑
Chapter·01

每个女子心里都有一朵桃花

每个女子心里都有一朵桃花

桃花，春天一到，就开，先是一朵，后来是一树，春光有多满，它就会开到多满，才不管树枝能不能承受，只管开，直开到烂漫、开到荼蘼。

黄色的蕊、粉色的瓣，在枝头热烈地燃烧。

一树的粉、满枝的香，在空气里纷纷扬扬。

没有一种花像它这样肆意、像它这样粉。爱上一个人，心一定是肆意的，也一定是粉的。

白天绽放，暗夜里也举着灯盏，开不败，败不了，一颗翻江倒海的心，怎么能安静下来？脸也开了，开成了一朵桃花，粉扑扑、羞答答，那香气一股一股，向外扬。

爱上一个人，只一眼，心中就已春光潋滟，就已动荡不安，就已桃花朵朵了。

能表达女子内心的微妙和动荡，还有那颗要绽放而拦不住的心的，唯有粉，也唯有桃花了。桃花粉，是那种嫩而浩荡的，一副撞了南墙也不回头的粉。

老家的院子里，有一棵桃树，矮小、柔弱、枝条曲里拐弯，一副营养不良的样子。春天来了，别的桃树已经是满树的盛开，顾盼的生姿。而它，却只挂着几片叶子，在春风里孱弱着。我断定，它是不会开花了。

可谁知第二年春天，它居然开了一朵，一小朵，纤弱、淡粉，春风一吹，感觉就要散。第三年春天，它开了十几朵；再后来，它开满了枝，开满了树，密密匝匝、红红火火，拦都拦不住。

那一瞬，我突然明白：每一棵桃树都会有花，开，是迟早的事。

每个女子心里也都有一朵桃花。

"人面桃花相映红""桃花人面分外红"崔护和唐寅都把女子面用桃花作比，桃花、人面，在春光的装扮下，像涂了胭脂、擦了香粉，都粉嘟嘟，都红彤彤。想想，在春天，如若用梨花作比，太苍白无色；如若用了杏花，则太过粉嫩和青涩；只有桃花最为妥帖。女子面若桃花，那一定是春天的样子，是一种绽放了的好看。有什么能使女子面若桃花？那一定是爱情了，一定。

"桃之夭夭，灼灼其华。"这两句语出《诗经》，夭夭，美丽而繁华地怒放；灼灼，明亮而鲜艳地燃烧。在春天，能"夭夭""灼灼"的唯有桃花；在爱情里，能"夭夭""灼灼"的也只有女子。

桃花是女子，是爱情春天里的女子。

人间桃花四月天，林徽因用笑声点亮四月天，在四月天里，在桃花树下，站着一个面若桃花、心似春的女子，在写桃花。"那一树的嫣红，像是春说的一句话：朵朵露凝的娇艳"，那些颤动在春风里的诗句，何尝不是她生姿的顾盼？何尝不是她在四月的唇边留下的淡淡的、多情而浪漫的痕迹？

林徽因写这些诗句时，一定是面若桃花、心似春了。那年，桃花盛开的时候，林徽因的爱情也盛开了。这，是她一生最美的时刻。

曹雪芹在《红楼梦》里，为黛玉写了一首《桃花行》，那意境、那字句是黛玉夭亡的预示；那情感、那凄凉要比《葬花吟》来得更浓也更重。

"桃花帘外开仍旧，帘中人比黄花瘦。"帘外，太阳满、春光泄、桃花开，开得艳、开得欢，也开得美。昔日，心似春光、面若桃花的黛玉，一定会站在一树的桃花下，赏花吟诗。而今，任它怎样的波澜壮阔，任它怎样的妖艳多姿，任它怎样的香气袭人，都跟自己无关了，无关了。人都瘦成桃花了，比桃花还瘦了，哪里还有心情和力量呢？桃花有多艳，自己的心就有多痛；春光有多满，自己的泪就有多汪洋。

是什么让黛玉桃花帘里晨妆懒？那一定是爱情了。一定！

爱情没了，黛玉心里的桃花也一瓣一瓣，纷纷凋零、纷纷落。每一瓣都带着声声叹息、声声怨。

孔尚任写《桃花扇》，以桃花作针线，穿起了侯方域与李香君的爱情故事，想必，他一定钟爱桃花了。他爱桃花，他笔下的主人公也爱桃花。

侯方域爱桃花，李香君也爱桃花，桃花扇是他们的定情之物，也是维系他们爱情的媒介。可隔着山水的爱情总归不能圆满。到头来，也只落个"人不见，烟已昏，击筑弹铗与谁论"。那桃花岁岁年年种，却也只能开在断肠时。

一滴血，溅在桃花扇上。溅，动着跳着，四下里飞扬着，是何等的凄凉，又是何等的惨烈。那鲜，堪比杜鹃；那艳，恰似桃花，"比着枝头分外鲜。"一个"分外"让人心痛、让人疼。

李香君心中的桃花落了，落了。孔尚任的《桃花扇》还艳着，只是那些文字被洇湿了，一大片。

最不忍看的是余秀华的桃花。

那是从薄情的世间开出来的桃花；那是从埋汰的潦草的生活里开出来的桃花；也是从坚强而执着的骨骼上开出来的桃花。那桃花冷艳、惨烈也招摇而自恋。那是黑暗里举出的灯盏，是苦恼人发出的一个响亮笑声，也是淤泥里开出的一份满足。

"不一定，每个人都有一个春天。"余秀华，走路摇摇晃晃，生活里没有春天，也没有玫瑰花。可，就是这样一个女子，心里住着桃花，住满春天，她写桃花，写爱情，写风花雪月，写诗与远方。

"每个人都有一枝桃花，结出果子以后，还是花的模样。"这是何等的自信。每一次的表达都来自骨骼，都来自心底。爱了，我才不管能不能送达，我才不管有没有人谛听，我才不管远方多么遥远。表达，是我桃花盛开的唯一方式。

这需要勇气，一般人是没有这胆量的。可余秀华有。余秀华的桃花不是一朵，是一枝。一枝，掩不住的春、掩不住的红，要从心里开出来了，开出来了。

那枝桃花，在薄情的世间里深情地开着。

每个女子心里都有一朵桃花，只是开给谁，只有她知道。她知道。

爱到深处是不安

电梯关上的一瞬，我看不到女儿了，但她的气息没走，还在，在楼道里缠绕、蔓延、遍布。我站在楼道里，足足十分钟，轻松，继而是空。我突然意识到，再看到这张脸，要等到暑假了。

我返回，收拾碗杯，可心却随她去了，去了。

然后是疑问，叶片一样，加速地在心的枝杈上纷纷而生、而长。然后是不安，绳索一样勒在我的心上，一道一道，条条痕迹。尽管知道这是画蛇添足的事，也是杞人忧天的事，可由不得自己，由不得。

爱，到深处，是不安。

深处有多深？天那么高？海那么深？远方那样的长度？历史那样的深度？长在骨头里，钻进心窝里，那深不可见底，那深也无可比拟。

那爱，是带着太阳般的热烈，是带着火般的燃烧，是秋天亮在枝头的那片片红叶，是暗夜里缀在天空的那不灭灯盏。脸不动声色，心却是夏天，永远是夏天的样子。

不安，因爱而生，因爱到深处而乱，乱了，心已乱了，乱了的心是惊涛骇浪的，是雪花飘飞的，也是电闪雷鸣的。

不安，什么时候能安了呢？上大学前担心成绩，上了大学担心工作，工作了担心婚姻，结婚了又担心会不会幸福，怎么能安了呢？"忐忑"一词真正妙绝！这词专为不安而造的，这造字者也定是位不安的经历者。

"我慢慢地，慢慢地意识到，我的落寞，仿佛和另一个背影有关。"读《目送》，读到龙应台的这句话，我读到了冷意、无助，还有不安。那是黄昏里的惆怅，那是暗夜里的无助，也是大海里的不安。一颗心，拴在了渐行渐远的背影上。"我觉得他会回头，可是，没有！"绝望！绝望里的不安更折磨人。

爱到深处是不安，亲情是，爱情也是。

黛玉爱宝玉，爱到不安。不安，因自卑，也因爱得深。只要看到他与宝姐姐在一起，这林妹妹心里的醋坛就会"哗"地一下打开，变作讽刺挖苦，变作冷嘲热讽，雨点一样四下里飞溅，风一样漫天地扬洒。

《红楼梦》第八回中，宝玉看宝钗的金锁，二人并肩而坐，这也是再正常不过的事了，可不巧让娉娉婷婷而入的黛玉瞧见，对着宝玉淡淡一笑："哎哟！我来得不是时候！"宝玉连忙起身让座，宝姐姐不高兴了，问："这怎么说？"林妹妹不咸不淡，又来一句："早知他来，我就不来了。"

这林妹妹看似不动声色，心里呢？早已醋意满怀、翻江倒海了，恨不能立刻赶她走，这宝哥哥是我的，我的！你怎么好随意坐他身边，你呢？你说过爱我一个人的，可为什么偏偏又跟她坐在一起？

可这话能说吗？这不安能示人吗？这林妹妹偏偏又是不能忍气吞声的主儿，管他三七二十一，我先得挖苦一番，好让我这"不安"找到出口。可，最终，这林妹妹也因不安、因焦虑、因爱、而呕血、而香消玉殒。

看电视剧《红楼梦》，最不忍的就是宝玉成亲那一集。外面张灯结彩、锣鼓喧天，因不安而病、焦虑成疾的林妹妹，弱不禁风，流泪成河，咳血不止。烧，烧掉帕子，烧掉过去，烧掉爱情……

只有她自己知道，这不安里有多难受，有多难受就有多爱，有多爱就有多绝望。

徐志摩也不安。康桥见到林徽因，不安，心咚咚咚，小鹿一样跳，鼓点一样敲。这不安，是暗夜里见着曙光的喜悦，是寒冬里飘起雪花的美感，也有沙漠里见到鲜花的惊艳。可后来，他抛妻弃子奔了她去，她却华丽转身，他又不安。这不安是落叶的惆怅，是枯草的绝望，是河水对礁石的冲击，是冰雹对叶片的摧残。

金岳霖安如泰山，看起来有大海般的胸怀、天空般的宽广。爱她，就是让她幸福，都成别人妻了，她幸不幸福又与卿何干？这话是说给众人听的。汪曾祺先生的《金岳霖传》有这么一个细节：林徽因去世多年，当有人拿来他未曾见过的林徽因的照片时，80岁高龄的他"凝视良久，嘴角渐渐往下弯，想要哭的样子，喉头微微动着，像有千言万语哽在那里，最后还是一言未发，紧紧捏着照片，像小孩子求情似的对别人说：给我吧"。这细节的背后，有多少个不眠之夜，惴惴然而不安呢？唯有他知，他知。

林徽因安吗？徐志摩为她抛妻弃子，金岳霖为她终身未娶。徐志摩飞机失事，命丧黄泉，她把飞机残片挂于卧室。这举动，是怀念，是提醒，更是对那颗不安的心的安慰吧。

"春蚕到死丝方尽，蜡炬成灰泪始干。"那是怎样的一种眷恋，又是怎样的一种执拗？

"衣带渐宽终不悔，为伊消得人憔悴。"那是怎样的一种誓言，又是怎样的一种坚定？

那一定是爱到深处，爱到不能呼吸，也爱到坐卧不安了。

有人说，爱的最高境界是不爱。

这话有道理，可人不是石头、不是冰，不是说不爱就不爱了。而爱，爱得深了，却又偏偏让人不安，肝肠愁断，蚀骨销魂。

即使不安，也要爱，也还爱。

世间再没有比爱更有力的东西了，没有了，没有！

不觉忽已老

　　黄昏就是那样，你前一秒还觉得光芒满天，它却带着满脸的暮气，一声招呼都不打，就急急赶来。

　　就在早上，你明明还看到清晨草叶上的露珠，闭上眼，就嗅到了夕阳的味道。刚才你还看见那个扎着马尾辫的女孩，正满脸羞涩地站在丁香树下等一段爱情，一转身，就满脸暮色，拄着拐杖，佝偻的背影里落满惆怅，爬满孤独……

　　老了！

　　你感叹着，掩饰不住地忧伤、包裹不住地无奈，在一声叹息里，原先那铿锵的声音已无踪影，连气息也变得稀薄而无力了。

　　再妖艳的花，也不能常开不败；再风光的舞台，也有谢幕之时。

　　"老"是一个让人很不忍心看的词，用在女人身上尤甚。我在看到《泰坦尼克号》中年老的露丝时，发现光阴的刀已经残忍地在她脸上留下痕迹，并且还要一直残忍下去。

　　那是一张怎样的脸？像一张刚刚揉皱了的纸张，折痕纵横，脸骨已无力撑住那些褶子，松垮地垂着、垂着，还将一直垂下去。眼睛深深地塌陷、塌陷，还将一直塌陷下去。那是怎样的一种悲凉啊！那个被价值连城的宝石项链衬得晶水玉白的脖颈呢？那个棱角分明的迷人锁骨呢？被时间一口吞了！

提起这部影片，我们就会想到年轻貌美的露丝，她粉嘟嘟的脸、性感的唇、白皙的脖颈、一双深邃勾魂的眼，还有站在船板上翩翩欲飞的美姿，好夺人心魄呀！那时，她能飞起来，一切的美都长有翅膀，她能飞到天涯海角，能飞到人的心中。可是，很少有人会想到老而朽的露丝。

如今的黯然冷寂，被曾经的风光繁华一衬，让人不由落泪。

最让人泪崩的是老而无伴。一句"等你老了，我就做你的拐杖"曾经是最朴实的表白，可是，有人偏偏撑不住这句话，就那样凋零了，化作尘、变作烟。连一个可以靠的肩膀也没有给活着的另一半留下，就决绝地走了。有人说：孤独是一个人的狂欢。我觉，此时谈狂欢，太过奢侈。一个人孤独到连影子上都长满了苔藓，嘴角还能有笑容吗？

闲暇之时，我常去广场，夕阳下常见一位老者满头华发，腰弯如虾，只是手里却总是提着一只鸟笼，笼子里是一只八哥，老人常常对着那个笼子，对着那只八哥说话。他跟八哥说话的状态，就像跟老伴一样，老人会鸟语，八哥能听懂。我忽然想到了这样的句子：鸟被笼子关着，老人被另一种笼子关着。有着共同遭遇者，心灵是相通的，语言也是。

有人赞叹"夕阳无限好"，可却忘了"只是近黄昏"。夕阳的壮丽，将要被黑暗吞没，那后面省略的悲凉，不是六个小点就能替代，也不是一个黄昏就能囊括。

"老"总归不好，可谁又能绕得过去？

生命如果真跟"老"字链接不上，那才是人生的断章！美妙的乐曲戛然而止,即使是余音袅袅,奏出的也都是伤感的颤音。

在生命的路上,自己一季一季地开花,也看别人一季一季地开花。可是,最大的悲哀就是,别人的树上还在开花,而自己的树上却已凋零。生命的历程还没走完,就要中途退场。千万个不舍,万千个不愿,却,已无力,已无力了。

老人老了,但比起那些没尝试过"老"的人,应该算是幸运,因为这才是完整的人生,是珍贵无比的经历,尽管脚步匆匆,但毕竟走过。

不觉忽已老!

当我们把这句话挂在嘴边时,"老"正领着我们一步步向前走。既然前方还有许多未知的光阴,我们就当好好地度过,把每一天都过好!至于"老",那又怎样?它只是生命的一种形态,更是另一种美好!

我更爱你被岁月摧残的容颜

"那时候，你还很年轻，人人都说你美。现在，我是特意来告诉你，对我来说，我觉得现在你比年轻的时候更美。与你那时的面貌相比，我更爱你被岁月摧残的面容。"

读杜拉斯《情人》开头的这几句话，我震惊！这种跳出惯性思维的话，带着一往深情的专注，这种专注，让人觉出光阴的暖意。光阴能摧残一些，但摧残不了另一些。

我见过被岁月摧残的杜拉斯的照片。那是一片被风干的枯叶，干裂着，褶皱着，苍老着，也灰着、暗着。一张老而起皱的脸松松垮垮，像一张随便揉作一团要扔掉的纸，皱皱巴巴的，再锁不住水分，再撑不起美了。头发也白了，牙齿也脱落了，连眼神也暗淡无光了。

这是老而朽了的杜拉斯。那年，她70岁，酗酒、怪癖、乖戾，昔日的风韵荡然无存。可杜拉斯不是别人，是杜拉斯，有人就偏爱她70岁的样子，爱她的人是不到27岁的安德烈亚。

安德烈亚是一名导演，是一路读着杜拉斯的小说走来的，由迷恋她的文字而迷恋上她。我不知道，他是更迷恋她的文字，还是更迷恋她。这个不重要，重要的是他用行动，用12年的时间去陪伴杜拉斯，一直到她生命结束。

难怪记者问她这是不是她的最后一次恋爱，她不假思索地说："我哪里知道？"是呀，对于一个一生不厌其烦地寻找爱情，近乎疯狂地追求欲望的杜拉斯来说，她爱不动了的时候，才会不得不丢下爱撒手人寰。在常规秩序里不可能的事，在杜拉斯那里是完全可能的。她曾说："每次我有欲望，我就有爱情。"这样张狂肆意的话，也唯有杜拉斯能说得出。

当然是杜拉斯了。爱情在她那里永远是燃烧着的烈火，发着暴力的光，透着邪恶的惑。在爱情面前，她像一个小孩子般任性。雪小禅曾经说过：爱的最高境界，就是像孩子似的爱过一个人，无所求，只要爱，无边的爱。在前一段爱情里，我总感觉她就要死了，不会再爱了，可后一段爱情又把她救活了。

有很多女人嫉妒杜拉斯，有更多的女人妒忌那个男人说给杜拉斯的那句话。想必，杜拉斯听到这句话时，心里一定在妖娆着吧。

她不是那种闪眼的靓丽，不是那种粉嫩的可爱，这两种都经不起时间的漂洗。她是一个靠着文字喂养的才女，这种女人最不怕的就是岁月。即使岁月摧残了她的容颜，又有何妨？她还有爱情，还有人会对着她说那样滚烫的话。

杜拉斯不是花瓶，花瓶空，还易碎，她是一部书，越老越有味，越老越耐读。

这样想着，这样写着，我忽然感慨：实际好多时候，我们不是败给了时间，而是败给了心态。

我现在还老不成杜拉斯那样，但，正老着，还将一直老下去，有一天，我老到她那样的时候，我不管有没有人对我说那句话，但我会对自己说：我更喜欢我被岁月摧残了的容颜。

如果，那时，我能对自己说这句话，我想，即使我老成一朵干花，也是绽放的姿态。

厮守

厮守，两个字，是缠绵，是相伴，是夕阳泊在天宇的静谧，是星宿停在暗夜的璀璨，更是锅碗瓢盆的磕磕绊绊、不离不弃。

执子之手，与子偕老，说的就是厮守，厮守到老。

世间最伟大的爱情，是经得起厮守的。

豪言壮语、海誓山盟，那都是说给年轻和美听的，都带着年轻的冲动，还有没经历过的幼稚。

我有一个文友，采茶、治茶，也经销茶，其余时间，写字，养花，跋山涉水，浪迹天涯，而，每每出游，都有一男士陪伴。文友，婀娜小巧；男士，粗犷野性。二人常着情侣装，背旅行包，随流云游走。那种飘浮在生活之上的格局，很是令人生羡。总觉，他们一直会相伴走完山山水水，也会走尽生命的历程，可，文友突然得病，得了一种免疫缺陷的病，男的离她而去。

看来，再轰轰烈烈的爱情，也会败下来。不厮守了，那是爱得不够，或者，爱得自私。

爱情的路上，只有经得起诱惑、受得住变故、耐得住寂寞，才会厮守到老。到老，不易，不是谁和谁都能厮守到老的。

我去野外徒步，曾见一古桥。古桥，上了岁数，上面落满时间的尘垢，堆满沧桑的积淀，像一位弯腰驼背的老人。下面是河，河水细细一股，几近绝迹。鸟从河上飞过，风从河上飞过，树叶从河上飞过，唯有桥，不慕不羡、不离不弃，默默守候、静静陪伴。

那是河的幸福。

一眼望过去，平淡。然而，恰是那平淡，让人迷恋。

想来，惊涛骇浪的爱情总归长久不了，倒是那寻常人家、平凡之人的爱情，则可细水长流，波澜不惊处见涟漪、见妖娆，也见蒸腾起的丝丝暖意。

外婆和外公，生在乡下，长在乡下，也不识几个字，也不懂风花雪月，也没说过一句甜言蜜语。在柴米油盐里生儿育女，在磕磕绊绊里盘算日月，以前，总觉，那是日复一日地重复，那是后一天是前一天的翻版，总觉，太过平淡的日子，就是白开水，淡而无色、寡而无味。就想，我才不要过那样的生活，可现在忽而地就羡慕起来，就想要那种日子，就想过那种生活，越老越羡慕，越老越想要。

说白了，人归根到底，都渴望一种回归：平淡、自然、安静以及更靠近心的感觉。

不问世俗，不营人情，就那样沐着夕阳，读着书，写着字，出去走走，随便看看，互依互靠，相扶相携，厮守到老，波澜不惊，一直到老，这也是一种幸福，一种与世无争的幸福，一种禅透了的幸福。

高更禅透了。

他选择厮守到老的不是繁华与奢侈，不是安宁与富足，而是孤独与苦寒、冷寂与贫穷。大溪地，荒凉、偏僻、原始，那里住着的是一个原始部落的一群原始人，他们有着丰富的黑色、硕健的肌肉、简单的语言，有一种粗犷的原始的野性，以及接近自然的本能。他们行走，赤脚，像悄无声息的幽灵；她们说话，音大，像深山老林里的回音。

高更喜欢，不顾一切地喜欢，他爱这里，原始的气息滋养着他，野性的味道给了他快感，也给了他灵感。画家的生命是靠灵感支撑。他娶了一个十三岁的当地女子做妻子，他画她：厚厚的唇、丰满的身、古铜色的皮肤、绿的眼睛、艳的衣服。

高更，选择大溪地厮守到老，肯为艺术抛弃现有的一切，他这样做，觉得值，那就值。常人是不会这样做的，所以，我们只是常人。选择与烟火厮守到老，我们觉得高兴，就好。

人到了一定的禅境，会有一些常人不能理解的举动。弘一法师也是这样，抛下北京的豪华住宅、安逸生活，名声、利益统统都抛下。他厌倦了红尘、厌倦了世故，去深山种地、喝茶、参禅、念经、写字，穿粗布衣裳，吃素食简粮，过一种与世隔绝的世外桃源般的生活。

弘一法师，选择与深山厮守、与佛经到老，他觉那是绝美生活，就是绝美生活了。作为局外人，我们的不解和否定，于他又有何干？

高更、弘一法师，选择与什么厮守，是有主动权的。张爱玲、萧红倒是想选择与爱情厮守到老，哪个女人不想？可这由不得她们，最终跟她们厮守到老的是文字。在没有爱情时，她们唯一能抱着取暖的就是文字。

如果连文字也没有了呢？想来，真是凄凉。

世间最不忍的就是繁华之后的凄凉。女人，你再怎样地绝代风华，再怎样地才气逼人，即使是天，总归不会始终艳阳高照。当天暗下来的时候，那颗暗夜里的星，厮守到老的就只有黑，无边无沿的黑。

在人的生命历程中，明明厮守着，厮守着，就走丢了。"不求同年同月生，但求同年同月死。"那愿望，遥不可及，遥不可及啊！再怎样缠绵的爱情，到最后都会剩下孤零零一人。能厮守到老，那已经是修仙成佛了。

执子之手，与子偕老，是爱情的最高境界，也是女人一生的追求。

趁现在还能相守，趁这两个字还动着，当惜！当惜！

未了情

未了情，三个字是有故事的。

男人和女人的故事。一个男人和两个女人的故事，或者是两个男人和一个女人的故事。这样的故事，注定是悲剧的，是一方幽怨的眼神、无奈的叹息，是晴空里没云的遗憾，暗夜里无星的绝望。

未了情，是什么让情未了呢？自有一番凄凉在里面。不能诉说，也诉说不清，只一个人承受，在暗夜里，独自开放，然后，湿润了情，凋零了心。

"都说那有情人皆成眷属，为什么银河岸隔断双星？虽有灵犀一点通，却落得劳燕分飞各西东。"听田震唱《未了情》，听得人心里生生地疼，每一字都带着凉意，滴着泪。深深暗夜里，一个女子，倚着窗，那些妖娆的情、璀璨的爱，却阻挡不住地爬上了女子的心。阻挡不住的，情是世界上最大的力量。一轮残月落在了窗前，空落落的屋子，只有凉，连空气都是凉的。

田震的声音戛然而止。往事都碎了，手里握着的不仅仅是回忆，而是情，未了情。本该放下，却放不下，是烟花燃放后的烟云，散不去。

情，是有温度的一个词。捧着时，它是一堆火；掉落时，它是满天星。满天星，只在黑暗里妖娆。相爱，是两个人的事，两个人，这情才茂盛，才能握出水。可偏偏就不能爱了，就各自东西，就成为路人了，心里却明明爱着，还爱着，所以，这情未了，未了。

只有自己知道有多绝望。

看《廊桥遗梦》时，我不敢看罗伯特和弗朗西斯卡分别的场面，揪心，难受，也恨不得大声地告诉弗朗西斯卡：跟他走！这次错过，就永远没了。

罗伯特站在雨中，眼睁睁地看着载着弗朗西斯卡的车从他面前驶过，车里坐着她的丈夫。弗朗西斯卡看着罗伯特，泪水瞬间成流成河，扭头，再不能看了，千言万语也都卡在喉咙。按住！弗朗西斯卡几乎用了所有的力，那种因使劲而扭曲的神态，还有紧握着的拳头，实在令人心碎、断肠。

分开也许是最好的选择。罗伯特，摄影师，浪迹天涯，给不了弗朗西斯卡柴米油盐，有时，激情和爱在时间面前会败下去。弗朗西斯卡，也舍不得一双儿女和爱着她的丈夫。责任，有时能打败爱情。

可，他们之间的爱情未了。后来，他们再没联系，直到有一天，弗朗西斯卡收到了罗伯特的包裹，罗伯特把一生的爱和财产都留给了弗朗西斯卡。弗朗西斯卡的遗嘱里，唯一的要求就是把骨灰撒到廊桥。廊桥是他们爱的缘起和纪念。四天，他们在一起仅仅四天。但对彼此，却是永远。

活着，不能在一起，死后，总可以了吧。骨灰飘落在廊桥的瞬间，我想，弗朗西斯卡的情还未了，在另一个世界，继续着。

本来，对它们践踏婚姻的疯狂，我嗤之以鼻，可看到最后，我流泪了。我知道，这泪，是流给"责任比爱情更伟大"这句话的。

因情未了，所以相思，残风细雨，望断愁肠。因隔天涯，所以挂着、念着、思着、想着。思念总是千转百回、愁肠寸断；也总是千丝万缕、梳理不顺。才下眉头，却上心头，影子一样地拂之不去。衣带渐宽、面容憔悴、茶饭不思、寝卧不顾，全世界瞬间缩小，只有他，只有他了。

可他呢？他在哪里？在做什么？是不是也像自己思念他那样思念自己呢？因为不知道，所以要折磨人，折磨死人了。

分开了，是什么让情未了呢？封建礼教让贾黛阴阳两隔，一个变成灰，一个仍在念，生死的跨越，也阻隔不断对你的情、想你的心。封建门第让梁祝双双化蝶，翩翩飞，既然这个世界容不下我们，我们就去另一个世界，那洒在蝶翼上的阳光，看上去暖、摸上去凉啊。

这样的情未了，都源自外力，怎么说，两颗心始终拴在一起，在一起抱着，就有温度，就觉暖，不管外面多冷，就是不分开。最可怜和不忍的是，起初，她爱他，他也爱她；后来，她还爱他，他却爱上了别人。她不甘，还爱着，自残地爱着，绝望地爱着，爱得可怜，也叫人心疼。"情"字真是一把刀，一刀刀下去，把她割得人不人、鬼不鬼。多少人心疼她，她却不心疼自己，还想着他，情未了，未了啊。

有些情未了，那就继续着。可有些情，不是你的了，你就当东西把它扔了；不扔，到头来就会把你自己扔了。

有些情，适合放在阳光下，璀璨地开；有些情，只能放在心里，开出花来也只能自己赏。而有些呢？最好在花骨朵期就扼杀。这个世界除了爱情未了，还有好多更有意义的仍在继续。

暗恋

暗恋，是雨后微凉里的杏花，总带着点凄美的幽香；暗恋，是寒冬白雪中的蜡梅，总洒着些冷峻的忧伤。

暗恋一个人，是那种远远看着却不能靠近的折磨，是那种他就在你面前却不敢说出的难受。这距离不能太近，也不能太远，要恰恰好。这恰恰，难！欲近不能，欲说还休，折磨得吃不下饭，痛苦得睡不好觉，几近要了人命了，可还不肯放弃，还暗恋着。

暗恋不是一件衣服，说扔就能扔掉。它是青春痘，说要在你脸上安营扎寨，就要安营扎寨，由不得你。也是活跃在你细胞里的病毒，不是说立刻驱散就能驱散的。

何况，你并不想驱散，更不想扔。它是你暗夜里的灯盏，也是开在你心角上的花朵，不能示人，只能独自欣赏。暗夜里的妖娆和美艳，让你的夜晚饱满而芬芳，那微妙，那神秘，那美，只有你知，你知。

"在梦里，你吻了我，我幸福着到了天亮"

这幸福，来自暗恋。它开在梦里，枕你的名字入眠，幸福而甜蜜，温暖而醉人。

即使是空白的独舞，即使是想象里的狂欢，那又何妨？青春的岁月有足够的舞台去盛放一场暗恋，也有足够的时间去修复一块伤疤。

谁在青春繁华的岁月里，没有过一段暗恋？说没有，那是不够坦诚，或者不想触痛心里的那块伤疤。

暗恋因为带着没有得到的惆怅，因为涂上不能在一起的忧伤，而顾影自怜，而暗自垂泪，而不堪回首。你辛勤培育的一棵树、一朵花，却长在了别人家的院子，那种自卑和失落，只有你知，你知。是不能示人的，不能。

雨果的《巴黎圣母院》里，卡西莫多的暗恋才叫伟大。

有美丽容貌、轻盈舞姿的吉卜赛女郎爱斯梅拉达，围绕在她身边的三个男人，一个是她爱着的弗比斯，两个是暗恋她的弗罗洛和卡西莫多。在她与弗比斯幽会时，弗罗洛妒意四起，刺伤弗比斯而逃，她被捕。弗比斯不肯为她澄清，弗罗洛也逃之夭夭，唯有卡西莫多默默陪伴。

"太阳出来了，照得巴黎城像火一般绯红。身穿白色衣服的爱斯梅拉达在半空中摇晃。悲痛的卡西莫多看着被绞死的爱斯梅拉达，向副主教猛扑过去。"

几年后，有人发现了两个相连的尸骨。其中一具是畸形的男尸，他身上没有一点绞死的痕迹。

为了暗恋之人，以身陪葬，撼天地、泣鬼神，惨烈而又悲壮，不可思议，却又真真切切。那要陪着的可是生命，他愿意，他觉值，那就值，跟任何人无关。

当所有的恋爱，漫延成河流，那个人，就是彼岸花，妖娆而妩媚，可望而不可即。

"所谓伊人，在水一方。"蒹葭上蔓延着忧伤，露珠上也挂满惆怅，

有鲜花没果实

就好比是有爱情没婚姻

再惊天动地的爱情，最终都要归于一日三餐

在粗粝生活的底色上
活出自己的质地和风骨

每个女子心里都有一朵花
开是迟早的事

即使花瓣日渐凋零枯萎
也要保持绽放的姿势

心是会被掏空的,会的。那暗恋,在《诗经》的韵脚诗行里,发出声声幽怨、声声叹。

她暗恋他,在青春的年华里。那时,他特别喜欢体育,从来讨厌体育的她,莫名地爱上了体育,学校运动会上,她早早地就坐在操场,为的是第一个看到他。他跑步,她为他加油呐喊;他获奖了,她为他振臂欢呼;他失败了,她为他暗自垂泪。那段时间,她穿美丽的衣服、梳好看的发型,她绕道走,为的是经过他的教室门,让他垂顾。她还为他写诗,可是这诗一直没有示人,包括他。暗恋是一个人的事,一个人。

她还为他写情书,写了撕,撕了写,一封又一封。终于写好了!怎么给他呢?她绞尽脑汁、用尽心思,这样不妥,那样也不行。惴惴然走到他跟前,还是没敢拿出来。

暗恋即使是一杯烈酒,也只能在午夜独酌。那些写在脸上的暗语,也只有自己知道密码。

后来,她嫁给现在的丈夫,疼她,爱她,也怜惜她。她说,她当初多亏没嫁给他,要不然,要不然……

张小娴说,你几年几十年暗恋一个人,也许不是痴心,而是没有遇到更好的。所以,暗恋没有恋爱长久,更不似婚姻牢固。

暗恋是人生的一种经历,暗恋就暗恋了,也没什么见不得人,也无须掩饰。只有经历了暗恋的痛苦,你才能懂得恋爱的甜蜜,你才能更加珍惜婚姻的平淡。

当说起那段暗恋就像说起别人的故事时,你已经不再暗恋了;当知道珍惜婚姻平淡的时候,你已经不会暗恋了。

初恋

初恋,是犹抱琵琶半遮面的羞。

他就在你面前,你明明想看,看多久也觉不够,却偷偷地看一眼,就匆匆低下头。那些藏着的心事,按不住了,按不住了,纷纷长了翅膀,生了腿,在你的脸上哗拉拉地开,开出了桃花,开成了三月天。

一张脸,好粉好粉啊!像涂了胭脂,擦了粉。

你明明早就盼望他说出来,他说出来了,你却又故意说不,故意说。

心里早已住进了春天,春天了,听!溪水在跳跃,小鸟在欢唱,就连花绽放的声音都听得清清楚楚了。

可这是怎么了?一颗明明长在春天里的心,却有遭遇倾盆大雨的惊慌,却有听到响雷的不安,咚咚咚,小鼓一样地敲,兔子一样地蹦。停不下来了,心里已经兵荒马乱了。

转身,匆匆逃。

她走了,走出了很远。

你还站在她站过的地方。用了鼻子使劲嗅——空气里有她的气息,那刮过的风里还有她的发香呢。你还要坐一坐,坐一会儿,一会儿再走——那石凳上她的温度还没散尽呢。

看不见她了。连一个背影都看不见了。

你长长地出了一口气,一长口气。这句话在你心里憋了好久了,好久。这下可好,心里的石头搬下来,搬下来了。轻松似风,似空气,也似那散在空气里淡淡的栀子花香。

一阵风来,栀子花的叶片,沙沙沙,那是你的声声叹息、声声怨:为什么我要说出来?要是不说,她也许现在还坐在这里呢?看,就坐这里,就坐在我的身边呢!

初恋,就是你乱了阵脚,我乱了心跳。

这种乱,是惊雷后晴空的彩虹,总带着点妖娆的魅惑;这种乱,是落雨里枝头的桃花,总带着点清新的召唤。

是魅惑,是召唤。

他在这里,这里的空气就瞬间生动;她去了那里,那里的风就顷刻温婉。他说那部小说好看,她就一遍又一遍地读,晚上还偷偷用被子蒙了头,借了手电筒的光来读;她说那件裙子好看,他就省钱买来,趁她不备,悄悄塞给她。

什么时候,她成了他的影子?什么时候,他又成了她身后的一股风?

不记得了,都不记得了。

只觉,做他的影子好,能嗅到他的味道,能看清他的轮廓,一只漂泊的风筝有了牵引,也有了方向;只觉,做她身后的一股风好,撑着她,也护着她,要是她突然一个踉跄绊倒了,好去帮忙,好去扶。

恋爱了!

世界瞬间缩小,就那一个人了。眼睛里是,心里是,生活的细节里也都遍布：白白的牙齿、纤纤的手指、浅浅的笑容，还有身上那股栀子花般淡淡的香味，醉人啊！

她是他的独一无二，独一无二的好。

他是她的唯一，唯一的好。

那个人的名字顷刻饱满而闪亮、晶莹而剔透。白天，它就像一个顽固的词，老从你的唇齿间蹦跶出来；夜晚，它又像一盏不灭的灯，从你思念的根须上举出来。

恋爱的人心是阔达的。这阔达给了思念：无边无际的，白天黑夜的，走着站着的。脑子塞得满满的，满肚子都盛不下，看，脸上还铺了一层，厚厚的一层呢。

恋爱的人心眼很小，针尖似的小：这个男孩多跟她说了几句话，嫉妒就在他心里纷纷扬扬了；他多看了那个女孩一眼，醋意就在她眼里翻江倒海了。可，还要装，装作一副无所谓的样子，装作一副不在意的样子。这不动声色，该需要多大的劲儿啊！

短暂的分别也是受不了的。

才下眉梢，却上心头。有风吹来，也想，那风是从她所在的城市吹过来的，那里有她熟悉的气息；有月挂着，就想，那月光也洒在了他的夜晚，那里一定有他知晓的温度。

"初恋——那是一场革命：单调、正规的生活方式刹那间摧毁和破坏了。"这是屠格涅夫的话。

一个人的生活被摧毁了，破坏了。可在青春的门槛上，那么多男男女女排着长长的队，伸长了脖颈，踮起了脚尖在等，心甘情愿地等，等着被摧毁，等着被破坏。

雨果说："初萌的爱情看到的仅是生命。"

是生命，仅是生命。年轻的、跳跃的生命，不管不顾的、横冲直撞的生命。花在适合的季节是要开的,谁都拦不住;草在最美的年华,是要噌噌拔节的,谁也别想着阻止。

当父母问她,他的家境怎样,他的父母做什么工作,她纷纷摇头,统统不知。父母说她是死心眼,她理直气壮反驳:我找的是他,又不是他的家。

真纯,也真洁。像新雨后的空气,像阳光下的栀子,也像青涩的橄榄果,透着青青的绿,闪着莹莹的光。

这话,只属于青春,只属于青涩的初恋。

初,第一次。是神秘的,是朦胧的,是新鲜的,是那个掩在枝叶下面的苹果,看起来大,吃起来涩——因为小了视野,缺了阳光。可不尝,你永远不知道滋味。

初恋是轰轰烈烈的开始,是潦潦草草的结束。

初恋,"初"是衣服上的一把刀,这刀刀砍下去,破了的不仅是衣服,还有青春。

往事碎了,可碎片上还有青春闪着光!还一直在以后的岁月里闪着光呢!

"人生若只如初见,何事秋风悲画扇。"那是纳兰性德挂在他初恋上的惆怅;"你微微地笑着,不同我说什么话。而我觉得,为了这个,我已经等了好久。"那是泰戈尔洒在他初恋上的浪漫。《情人》,是杜拉斯对跨国初恋的甜蜜回忆;《窗外》,有琼瑶笔下刻骨铭心的初恋再现。

  在月亮上我双手捂住眼睛
  在水滴中我双手捂住眼睛
  月亮上一个丫头昏睡不起

月亮上一个丫头明亮的眼睛

月亮上我披衣而起　身如水滴

　　海子的《初恋》是干净的，像初恋一样干净：月似的，水般的。
　　当读着明月风清般干净的文字，亲爱的，那些洒落在记忆深处的，藏在心底的初恋，是不是正在阳春三月里，飘出栀子花一样的清香呢？

第二辑
Chapter·02

闲看清纯栀子花

花落忘川情彼岸

彼岸花,开在彼岸,隔着水,走不近。时光老了,花儿谢了,我和你,还隔着一条河,无法泅渡的怅惘,望眼欲穿的哀伤,空落落地疼。

我从没见过彼岸花,我跟它也隔着一条河,对它的认识只有三个字。这三个字,足以在我眼前铺展成一幅画:伊人在彼岸,挂满露珠和清晨,绽放成晨曦里的一片阳。此岸无船,也无桥,望,只能望,巴巴望、苦苦望,望穿秋水,望得眼睛长出了青苔。伊人,依然在彼岸,在彼岸。

多么伤感的花,隔着距离,带着薄凉。满腔情、万般意,被风吹着,被阳晒着,就是走不近。有些距离,穷其一生,都无法抵达。

后来无意间得知,彼岸花果如名字一样,花开时不见叶,有叶时不见花,花叶两不相见,生生互离、世世相错。按说,花需叶衬,叶需花妆,花与叶本是在同一棵植株,同用土壤,共享养料,却总是错过,总是不得相见。莫非,这是自然界的一种隐喻?月有阴晴圆缺,万事难求两全。

也看过彼岸花的图片。长长的柄上,五六朵小花,排成一个圆,四周是长长的针形瓣，倒垂着，像女子穿了有流苏的裙，被风一吹，四下里飞扬。那朵，也似乎满目含情、顾盼连连了。在黑色的背景下，它像烟花，炸开。一种破碎的美，一种惨烈的痛。

彼岸花，有两种，一红一白，红的似火如焰，有一种呼呼燃烧的气势；白的像雪似银，有一种冰清玉洁的干净。红的叫曼珠沙华，白的叫曼陀罗华。不论是曼珠沙华，还是曼陀罗华，名字，都带有禅意，流着梵语佛经的血统，情不为因果，缘注定生死。

曼珠沙华，妖异，带着一股股阴气，寒森森、冷冰冰。清明时节，坟头上，冢墓前，红艳艳一片，似血、如火，无与伦比地惨艳，毒烈般地唯美。它开在黄泉路上，红的色彩、红的风景，像火把，在照亮，在指引。死者去矣，生前的恩怨情仇、风花雪月都一并留在彼岸，幽冥地狱，又一个世界，去奔赴一场新的宿命。一次结束何尝不是新的开始？

彼岸花，是一种爱情花。只是这种爱情是雾里看花、水中望月，有一种空中楼阁的朦胧，有一种隔山隔海的距离。这样，于爱情不好。

《诗经》里有这种花，有这种爱情。关雎鸟，一雌一雄，立于树枝，眼眸含情、对唱和鸣。男子的一颗心在狂跳，一双眼在搜寻，采摘荇菜的姑娘，玉指藕腕、明眸皓齿、窈窕身姿、优美动作。爱就此萌生，波浪壮阔、浩浩荡荡、似洪如浪，再也无法抵挡。可姑娘是彼岸花，追不到。于是，才下眉头、却上心头，思呀念呀，辗转反侧，夜不能寐。那怎么办呢？虚拟和想象，如若有一天，我们能在一起，琴瑟鼓之，讨你一笑；载歌载舞，博你开怀。每每读到此处，我总感凄凉，为男子的痴情，也为爱情的不能圆满。

清晨的露珠，挂满蒹葭，凄凄秋风里、凉凉彼岸边，有位伊人，在水一方。伊人站立不动，男子也站立不动，痴痴望，呆呆看；伊人向东走，男子向东走，紧紧跟；伊人向西走，男子向西走，苦苦追。

早晨邂逅，中午痴望，夕阳下，留下一个长长的影子，刻下一份深深的落寞……

这两个男子，都是单相思。淑女、伊人是彼岸花，只属于彼岸。你花开在彼岸，我情燃在此岸，我是叶，想衬你花，可是，花开叶落、叶长花落，注定是悲剧，生生世世不得相见。

贾宝玉、林黛玉的爱情是彼岸花。贾爱林，林爱贾，爱得单纯，爱得清澈。贾厌恶官场，不愿读书，要把套在头上的封建枷锁拿去，努力，使劲。大观园里，粉黛无数，唯黛玉懂他。他因为黛玉没玉，一赌气把戴在脖子上的玉摔了。可惜了，这么纯的爱，被一条看不见的河隔着，只能你在此岸，我在彼岸，阴阳两隔，本不该是遗憾，却永远是遗憾。

梁山伯与祝英台的爱情是彼岸花。梁祝两人，同窗生情，你恩我爱，你有文，我有才，你能出上联，我能对下联，你能吟诗，我能唱和。学成返乡，难舍难分，海誓山盟，非你不嫁，非我不娶。这样的天造地设，这样的天仙绝配，也总归是残月。在世不能同连理，那就化作彩蝶比翼飞。这翩翩彩蝶绕坟飞，是惨烈的舞，是凄凉的飞。

贾林、梁祝的爱情，是心心相印被生生拆散，是苦苦相恋被活活分离。本不该是彼岸花，是封建，是门第，是父母之命，是愚昧礼教把他们的爱情扼杀了。

此岸情、彼岸花，在咫尺、似天涯。恋上，却成了苦苦的等待；爱了，却成了巴巴的守望。本该美，却成殇。

彼岸花，血色，惨烈。它是男子追求不得的怅惘，是贾黛的阴阳两隔，是梁祝双蝶舞动的凄凉，是徐志摩幽怨的一声叹息，是金岳霖落寞的一个背影，是张爱玲眸子里的万般委屈。

爱情，不属于你的，莫强求；属于你的，要紧紧抓；抓住的，要安心守。这样，你的爱情会是艳艳丽丽的玫瑰，你的婚姻会是长长久久的百合，而不是隔河隔水的彼岸花。

百年好合笑相依

枣红色的假洋缎被面，布满百合花，一朵一朵，洁白、绽放。小战士躺在担架上，闭着眼，静静的。新媳妇替小战士缝肩上的破洞，静静的。外面炮火连天，都跟他们无关，他们中间只有百合花在盛开。

她和他，军和民，没有爱情的爱情牧歌。

读茹志鹃的小说《百合花》被这纯洁的一幕感动，本已趋于平淡，过了一惊一乍的年龄，但此时，心，再平淡不起来，痛还是以液体的姿态在眼里惊开了，炸开了。

那时，百合开在文字里，看它，纯洁如荷，干净似雪，一切的杂念，在它面前都得止步，如果，再走，就是玷污，就是亵渎。

小时候，常常参加村里的婚礼。婚房的炕上，贴着墙整整齐齐地放着缎面被、缎面褥，大红大绿的，透着喜庆，上面不是开着百合花，就是游着两只鸳鸯，也见对联的横批上，有"百年好合"的字样。觉得，这两个字喜滋滋，像新郎新娘，咧嘴笑。

百合，俗气里透着尘世的好。两个毫不相干的人，天各一方，就走到一起，就合成一个人，就变成一个整体，还百年。这该需要一种怎样的引力？我和你，突然就变成了我们，近得没了距离，密得没了缝隙。爱情的力量，大得无法让人想象。

百合，一种长长久久的花。

后来，我见到了真正的百合：长长的柄上，绽着敞开的朵，连着的花瓣像漏斗，敞开了嘴，在等，等着装烟火的日子，装琐碎的生活。花，白的、黄的、粉的，牵了手、抱成团，开得红红火火，像红红火火的日子。从没见一朵独自孤傲开放的，独自开放，属于大朵的牡丹，属于摇曳的玫瑰。百合，需要合着，才能开出意蕴、开出暖。

那是别人的宴会上、花店里。那是别人的。突然就羡慕，甚至忌妒卖花姑娘。总觉，花跟其他不一样，要别人送，更好一些。花的有些意蕴是需要"送"来传达，一些花的气质是送出来的。

尤其百合。不能自己买给自己，也不能一个人买给多个人，须两个人，还得异性，男的买给女的，或者女的买给男的。能百年好合的只有婚姻，婚姻是两个人的事。

我生日，先生是每年都要送花的。玫瑰，大红的、艳艳的。

去年，他却送百合。正午的百合，快递送来。玻璃瓶里，插着百合，满满的，瓶子有点撑不住。百合，绽放的、含苞的，黄色的花、黄色的苞、绿色的叶。黄是淡黄，绿是苍绿。

放在餐桌上，看。它们抱成团，静静地开，风平浪静地开，宠辱不惊地开，没有了玫瑰的浓烈，没有了红的热情，倒更多了一些平淡，多了一些内敛，也多了一些岁月的积淀。

我淡然一笑，其实，先生是个细心的人，看似粗，也寡言，很少做一些风花雪月的事，也很少说一些阳春白雪的话。但，此时，再多的语言在一束百合面前都矮下去了，矮下去了。

过了怒放的夏季了，我、他，我们的婚姻。剩下来的就是柴米油盐，就是琐碎庸常，就是我握他，像左手握右手；他握我，像右手握左手。我看他，像看日出日落；他看我，像看花开花落。就想，右手不能离开左手，左手也不能没有右手。就想，这样看下去，我和他，一起，百年，挺好。

"世界上最浪漫的事，就是和你一起慢慢变老。"说的就是百合，百年好合。

晚上，我失眠了。满室的百合花香，浓得化不开。一个怒放着的夏季。

很羡慕能好合的爱情，更嫉妒能百年的婚姻。百年好合，是要用一生来完成的工程，是要用爱包着裹着的词语，是一朵花，要浇水施肥；是一棵树，要修剪打理；更是一件青花瓷，不能用力碰，要轻轻擦。

有爱情，没婚姻；是昙花，不是百合。昙花易凋零，百合长久。徐志摩和林徽因，有爱情，有长到骨头里的爱情，有刻入生命里的爱情，惊心动魄、汹涌澎湃。可隔着山水，隔着云雾的爱情，没有天荒，也不会地老。

张爱玲和胡兰成有爱情吗？曾经有。张爱玲痴情，爱着，一直爱着，为爱低到尘埃里，低到看不到自己。胡兰成有爱，是博爱，是漫天撒。蝴蝶为花醉，花却随风飞。这样的婚姻成不了百合。

三毛和荷西，爱得纯粹，爱得感人，爱得烟火，也爱得琐碎。连理枝也有断裂之时，比翼鸟也有折翼之痛。荷西去了，像撒哈拉沙漠上的一粒沙，被风带走，留下了一个馒头似的坟墓陪着三毛。这样的婚姻本该开成百合，却变成了朝颜。疼！

"我走过许多地方的路，行过许多地方的桥，看过许多次数的云，喝过许多种类的酒，却只爱过一个正当最好年龄的人。"

我喜欢百合，喜欢它那种俗世里的安稳，还有好！

百合，百年好合！它像男人和女人站在时光里，安详，平和，还香。岁月正长，婚姻百合。拥有，当惜！当惜！

闲看清纯栀子花

我是先听了歌曲《栀子花开》,而后,才认识了栀子。

当时,歌声一起,那清纯的气息就灌满了屋子,一下,只一下,就撞开了我青春的大门。好的歌声就是桥梁,它能让尘封在时光底层的岁月浮上来。我的青春活了,就站在栀子花上,闪着眼。

就想,栀子花是什么样子呢?它一定清纯干净,像春天早晨的第一缕阳光,像下了一场小雨后的天空,也像梳着马尾辫的女孩,着了裙、含了羞,在绿叶间,扑闪着一双眼,在等一场恋爱。

我的青春没有栀子花,我的周围也没有栀子花。却原来,栀子属于南方,而我生活在北方。我与栀子,一朵花的距离,却隔了十年。

十年后,我邂逅了它。我家小区的门口,不知哪天就突然摆满了花盆,开花的、不开花的、高的、矮的,热热闹闹地摆了一地,像热热闹闹的春天。烟尘气很重的空气,也被这些花照着,淡下去不少。

驻足,端详,我的脚步被这些绿和香绊住。一盆花,吸引了我:茂盛的叶片,心形,圆润,霸道,遮住了花盆。叶间跳出了白白的朵、鼓鼓的苞。花白、素、纯，像刚出水的荷，似着了白衣的蝶；花苞，圆鼓鼓、羞答答，像怀了春的少女，按捺不住，要绽放。

"买盆栀子吧！这花多香！"卖花的是少女，嘴边漾着甜甜的笑，像栀子花涟漪着的瓣。

"栀子？！就是《栀子花开》的那个栀子？"

少女看我一眼，再看一眼，然后使劲地点点头。

"栀子"，一个词语就把十年的距离缩成面对面。它在我面前，像一位多年未曾谋面的老友，要不，众多花里，我为什么偏偏就看它？栀子情结，在我心头盘踞了十年。

"买！当然要买！"我的肯定倒是让少女吃了一惊。

30元，我买了它，等于买了一段情结。

我抱着它时闻到了香。香！浓郁的、扑鼻的，不需要借助风就能流动。香！通透的、纯粹的，没有烟火的杂味，没有世俗的腐气。这香味清纯，就像清纯的样子。清纯，是来自骨子里的味道，香水于它是浪费。

它喜欢阴湿，我就给它浇水，几乎天天浇。我不能让它缺了水，缺了营养，缺了爱。

第一天，它花枝招展，笑满屋、香满室。第二天，也是。一直到第15天，都是。

可是，第16天的时候，它就开始打蔫，先是花瓣，然后是叶子。像抽干了水分似的软，不久就成残花败叶枯枝。病很多时候就在一瞬间，死也是一眨眼的事。其实，是我一点点埋下的祸端，但，之前我并不知。

后来，上网一查，才知，是爱太满。清纯像瓷器，只能轻轻擦拭，不能碰，一碰就碎，碎了，就变成了渣子。突然，我想到了我的学生，它们叛逆的青春不也是栀子吗？

要养活好一盆栀子真的很不容易。

但不管怎样，栀子就是好！它清如水、纯如雪，是一件白白的瓷器，透着莹莹的光，让你静静地赏；它像一只白蝴蝶，翩然于春天里，让你感到青春的舞动、生命的朝气。栀子花，是开在青春里的一种花。

我爱栀子，不如说我更爱清纯。

清纯，这个词语像端着的一碗水，像雪小禅笔下的"银碗里盛雪"，像空中雨做的云，也像费翔《读你》里的歌词。是一种不惊不乍的艳，是一种不张不扬的美。许多的词语，都修饰过，擦过粉，涂过唇，比如"风情"，比如"妩媚"，"摇曳"就更矫揉造作了。它却不，不涂胭脂、不抹口红，还美。

《血疑》里的幸子，清纯如栀子花。圆圆的脸盘、长长的睫毛、两颗小虎牙，尤其是那双眼，清澈干净，如一湾山泉，清亮亮，只一眼便见底。她着了一身连衣白裙，胸前抱了一本书，走着，把自己走成了清纯，走成了一朵栀子花。

幸子清纯，不但在长相，更是心灵。一颗心，善良、纯洁、水晶般。幸子作为"清纯"的代言人，一直让这个词语行走在80年代，以至于我一看到栀子就想到了"清纯"，想到了"清纯"就想到了幸子。

徐志摩是这样形容日本女人的："最是那一低头的温柔，像一朵水莲花不胜凉风的娇羞。"我觉，清纯的女子都羞，都嫩，都含苞待放，如果一个女人少了羞涩，没了矜持，就不是栀子花了。有时，羞涩和清纯一样美。

我见过的世界上最纯洁的爱情当数静秋和老三了。《山楂树之恋》被浓缩到一张幕布上，爱情纯洁得就剩下眼前的幕布了。幕布上，老三奄奄一息，躺在病床上，望着天花板，天花板上有静秋的相片，眼巴巴，他在等，等着见静秋一面。静秋来了，跪在他床前，此时，再含蓄的感情也成河成江了，哭，稀里哗啦，惊天动地。幕布上哭，幕布下的我也哭。

我哭，是为这纯洁的爱情不能圆满。静秋和老三的爱情是绝唱，这样的爱情才不朽，才算得上经典。我加你等于爱情，没有其他，只有爱。多清、多纯，纯粹得省却了好多，清澈得没有一丝杂质。爱情本来就不是交易。

这段纯纯的爱情，像栀子花。

我盆里的栀子花死了，可是我有许多的栀子花，一茬儿又一茬儿，满教室都是。我的学生是栀子花，我的每一个学生都是栀子花。

他们多纯！眼睛纯，面容纯，思想更纯。像栀子花，纯纯地开着。我和他们，中间没有世俗的距离，只有阳光和栀子的距离，只有园丁和花朵的距离。

看着这么多的栀子花，灿灿地开，纯纯地香，我的心也像栀子花，也染了香。就想，我要好好掌握栀子花的习性，让他们的青春都住在栀子花里。

朝颜蔓碧花

朝开夕败，晨艳暮衰，花颜短如昙花，美丽转瞬即逝。这花，就是朝颜。

多少年，我一直叫它喇叭花，或者牵牛花。

儿时，见得最多的便是这种花。篱笆枯藤、断垣残壁随处可见，就连一株玉米秆上、一片高粱叶上都是。缠着绕着的藤蔓上，重着叠着的叶片间，总能看到红的、紫的、蓝的花，在晨曦里灿灿地开，在夕阳里哗哗地败。

花，清简、直接，没有重重叠叠的瓣，没有皱皱斜斜的褶，像外婆做的一块印染布，白白的底布上染上了红的、紫的、蓝的颜料，艳艳的，像待嫁的村姑涂了胭脂的脸，浸了满满的羞，在阳光下妩媚着。

我喜欢看它们，在阳光下，别有风致。粉色的纯洁，像笑着走在乡野里的村姑；紫色的高雅，像贴在墙上年画里的林黛玉；蓝色的幽深，像我家房后的那个水塘，蓄着天空似的蓝。它们都在笑，笑得太阳都亮了许多。

这花，像喇叭，长长的柄、圆圆的脸，那黄色的蕊，纤细着、缥缈着，如气息、如声音，在喊、在叫，憋足了劲。它们的喊叫，喇叭一样，叫醒了院子，也叫醒了外婆。

外婆开始忙碌了。她打开鸡窝，公鸡母鸡满院子欢腾，叽叽喳喳。她拿一把笤帚，洒一些水，清扫院子，唰啦唰啦。然后，她抱了一堆柴火走向灶膛，风箱就响起来，刺啦刺啦。外婆动作麻利，风风火火，像那些声音，更像开着的喇叭花。喇叭花就在院子里的篱笆上、墙上开着，满满的，红红火火。

我画的第一种花，就是喇叭花，毛茸茸的柄上，托举起一朵敞着嘴的喇叭花。外婆教的，它开在外婆的"九分牌"香烟纸上。

后来，外婆去世了，喇叭花也凋零了，彻底地凋零了。人的生命短暂，如这喇叭花。谁又能扛过时间？花不能，人也不能。

喇叭花败了，明年还能再开。可是，我只有一个外婆。

我也看过败了的喇叭花，颜色淡下去了，皱皱巴巴、松松垮垮，耷拉着，没有了水分和筋骨撑着，再艳的花，也是一块泥巴。花活着靠骨头，人也是。

喇叭花，还在开，乡下、田野、墙头、篱笆，随处可见。喇叭花，本来就属于乡下，属于田野。

这从它的另一个名字也可看出——牵牛花。跟"牛"搭边的，肯定属于乡下。这名字容易让人想到乡野：晨曦里，爷爷在左，牛在右，爷爷抽着旱烟，牛在反刍着，爷爷的烟缕，跟牛粗粗的气息缠绕着，缠绕成一种悠闲，勾勒成一幅油画，积着厚厚的光阴。他们的旁边是庄稼，上面缠满了牵牛花。牵牛花开着，艳艳的，迎着阳，这土扑扑的日子也有了光泽，也有了意蕴。

爷爷也最终败给了时间，我的生活里再也没有了爷爷，也没有了牵牛花。

喇叭花没有了，牵牛花没有了。它们有了一个诗一样的名字——朝颜。

早晨的颜色，清新艳丽，像霞光，像女子的颜面，仿佛是一位伊人站在晨曦里，迎着阳光摇曳着，然后是脉脉含情，看你。这意境、这美，把一段时间，用形色描摹，这习以为常的早晨都被这名字照得绽开了。

朝颜是女子，是美丽的女子。美丽的女子都有故事，花一样多；美丽的女子都热烈，遇到爱情都不管不顾，爱情在，就斑斓地开；爱情不在，就壮烈地败。这样的女子，像朝颜。

林黛玉是朝颜。贾黛的爱情是朝阳，更是日暮，有着朝阳的新和烈，也透着凉人心骨的暮气。黛玉爱宝玉，爱得深，爱到骨子里。她巴巴地等着宝玉抬着轿子迎娶，可这顶轿子却去了宝钗那儿。爱情不在了，生命的筋骨也就坍塌了，她的生命大厦哗啦啦地倒下了。凋零了，在薄凉的世间，她不能再做一朵花，艳艳地开。

黛玉把爱情当作了食物。有时我想，如果，宝玉把轿子抬到了黛玉跟前，黛玉这朵花还会凋零吗？不会，肯定不会，即使她气息奄奄，但爱情会创造奇迹的，会的。爱情有时是药，是灵丹妙药，能治疗痴情女子的病痛。可惜！黛玉生在那个年代，就只能做朝颜，做不了牡丹。

玛拉也是朝颜。玛拉和罗伊在蓝桥一见钟情，只一眼，罗伊就被玛拉的美貌和气质吸引。罗伊爱玛拉，就连她流泪他都心痛，他深情地对马拉说："我不希望你流泪，除非是为了幸福。"玛拉，这个女子该是很幸福的。她不是没得到爱情，是觉得自己妓女的身份，会玷污了他们的爱情。为了爱，这个女子，魂断蓝桥，与自己的爱人阴阳两隔。她去了，像一股风，悄无声息，但她的气息还在，一直停留在罗伊的身上。

玛拉是朝颜，波浪壮阔地爱、悲惨壮烈地死。

喇叭花、牵牛花、朝颜，不论叫什么，就是那朵花。改不了它朝开夕败，晨艳暮衰的短暂，就如人生不能常开不败，到一定的时候，就会凋零，就会败。但这也没什么可怕。像朝颜，开时就灿烂地开，留下美，留下香，足够！

花如指甲命长寿

每天经过小区门口的卖花摊点时，就会禁不住地停下来，看花，也买花。

绿色植物好养，但家里都是叶，总觉应该有一些花的。也买过花，茶花、栀子、海棠、杜鹃，但这些花，在别处是花，到我家最初还是花，后来就只有叶了，再后来，连叶也没有了。我天生就不是侍弄花的料。

但，有什么能阻挡一颗爱花的心呢？去的去了，来的还要来。

驻足，看那艳艳的色，看那肆无忌惮地开。年轻时，不喜欢太艳的东西，可近几年，突然就喜欢招摇的颜色了。也许，趋于平淡的心湖，还是需要一些涟漪来荡漾的。

我问卖花姑娘："什么花艳丽好看，还好伺候？"

姑娘脱口而出："当然是长寿花了！"

长寿？居然还有叫"长寿"这名字的？我头脑里立刻冒出来：鹤发童颜、精神矍铄，满脸皱纹松松垮垮，却溢满了一股顽强的精气神；夕阳了，看着就要落了，却还在天边淡然地挂着；叶枯了，看着就要谢了，却还在枝头顽强地飘着。对世间的留恋，对生活的挚爱，都被这个叫"长寿"的词语支撑着。

就想，这花，该是老人样，该像夕阳，该像落日，该像一张皱巴巴的纸，该像一朵就要碎了的花。

却原来，是花，花的水色，花的艳丽，花的样子。一条植株上，顶端开满了艳丽的红，几十朵，朵小，如指甲花，似蒲公英，围成圆、抱成团，一团一团，红彤彤、热灼灼，像日子，像烟火。含苞的，也粉嘟嘟，在等待。就连叶子也晶莹剔透，蓄满了水，像翡翠、似玉石，让人不忍碰，仿佛一碰，闸口就会开，水就会"哗"地一下流出来。

如此单薄脆弱的花，也能长寿？

卖花姑娘看出我的疑惑，忙不迭地说："会的，只要放在阳台上，十天半月浇一次水，就好，就好！"

果然，不用操太多的心。随便往阳台上一放，十天半月浇一次水，就足够，足够。其他花则不，水浇多了不行，少了也不行；阳光饱满了不行，不见阳光也不行。栀子水要饱，阳要弱；茶花，阳要满，湿要够。稍有不慎，朵还是朵，花就不是花了。它呢？才不争风吃醋，总是一副宠辱不惊的样子，不温不火，从前怎么样，现在还怎么样——努力地长，静静地开。就连那些含苞的朵，都扑棱棱地绽开笑脸，不多久就满满的一盆红，喜滋滋、乐呵呵。

栀子，茶花，像婴儿，要细细呵护。它则是朋友，每天用笑脸，用长势，跟我交流，还鼓励我。

是花，却有草的卑微；是花，却有草的精神。难怪，叫长寿。

日子一天天地过，它们在一天天地开。没开的开了，开了的还开着。栀子谢了，茶花谢了……连海棠也暗淡下去了，它还开着。要开多久呢？多久才算长寿呢？从三月一直开到七月，花期如此长，叫长寿，配！

长寿好。人，用劲力气，想尽办法，为的就是能长寿。老了，老着，永远老着，满脸皱纹像揉皱了的纸，挂在脸上了，就挂着，只要掉不下来就好；腰弯曲成虾，虾也没什么不好，只要还有气息撑着就好；头发白了，白就白吧，白了有白了的好，只要还有一颗爱美的心。即使瓜熟，也不想蒂落；即使花败，也不想凋零。

长寿，长寿多好。看着热闹的世界，享着天伦的乐趣。闭上眼睛就什么也看不到了，听不到了，享不到了。活着好，活成长寿花。昙花再好看，也就一眨眼；朝颜再艳丽，也就一早晨。生命，还是要活成长寿花的。

但，长寿花也有凋零之时。曹操说了："神龟虽寿，犹有竟时；腾蛇乘雾，总为土灰。"看来，人可以增寿，但不可以长寿。

可是，曹操也说了："养怡之福，可得永年。"寿不是天定，可以人增，靠养，靠自己。什么时候靠自己都好，自己靠自己最好。

大曰山茶小树红

读杨朔的散文《茶花赋》：童子面茶花，在阳光里，重重叠叠的瓣，像晨曦里公鸡的羽毛，要抖动展开的样子。杨朔思维也绽开了，苦于找不到能表达祖国的样子，现在找到了，一朵艳艳的茶花，就是祖国欣欣向荣的样子。画，就画茶花。

一朵茶花，胸纳百川、颜融四海，瓣生千香、朵聚万情。花似祖国，祖国似花。创意的杨朔，给了茶花一个创意的内涵。

"东园三月雨兼风，桃李飘零扫地空。唯有山茶偏耐久，绿丛又放数几红。"陆游把茶花拿来和桃李相比，桃李经不住三月风吹雨淋，凋了，落了；茶花却不，风雨过后，红了，又红了。个性的陆游，不比花颜，比精神，比出了一个有骨头的茶花。

茶花，一定跟茶有关。这么多年，我都这么认为。有时，看着茶里漂着的花瓣，喝着飘香的茶，缠绕在唇齿间的香味，清清淡淡的，就觉是茶花的。可心里明明知道是茉莉，还这样想。

茶花，一个让人容易臆断的名字。其实，它跟茶是两回事，八竿子打不着。茶树魂在茶饮，茶花韵在观赏。

纸上的茶花毕竟隔着纸，不清晰，不真切，还是要见一见的。

在大理，黄昏的阳光照下来，柔软得像大理街上的溪流，披着大理的阳光，我来到客栈。私家客栈，小院落，精致得像盆栽。院子里，这里一堆，那里一簇，都是花。大朵的，红艳艳的，像挂了满树的灯笼，在昏昧的光线里透着喜气；粉嘟嘟的，含羞带露地掩在丛中笑；黄灿灿的，像亮在院子里的灯泡，妩媚着。突然，头脑里就冒出了"大曰山楂小树红"这样的诗句。

迎上来的是一位女子，着了民族服装，色彩斑斓，像院子里的花。笑荡漾开，像一重一重的花瓣。

从姑娘的嘴里知道了这花就是茶花。也早听说，云南茶花甲天下，大理茶花盖云南。今日一见，不说别的，单这开着的气势、汪洋肆意的样子，北方的土地上是克隆不出的。

走近了，赏。茶花是一位大家闺秀，天生丽质、端庄优雅，透着牡丹的大气，少了大丽花的张扬。它有梅的高韵劲节，却比梅多了丰满的容颜；它有桃李的烂漫芳菲，却比桃李多了绽放的时间。

凑过去，嗅。香不扑鼻，清淡，如洒在大理上空的月光。大家闺秀，就该这样，连味道都是内敛着的、含蓄着的。这种不张不扬的性格，像大理，也像大理黄昏的光线，低调着、高雅着。

突然，就很想带一棵回去。把它置于书房，敲字的时候，就让它陪在身旁，它开，我的思维也开，多好。

这，不可能。

每年的年前，我都要去逛花市。买花，一则源于喜爱；二则觉得看着花开，感觉日子永远红火着，败不下来；再则，花是活的，陪着我，寂寞会减下来。

看到了它。白色的瓷盆里，长着一树，树上挂着花，大红的色，艳艳的；含苞的朵，矜持着。虽说，没有大理客栈院子里开得波澜壮阔，但由于在塑料围起的室内，空气湿漉漉、潮乎乎，让它该开的开、该苞的苞，倒也蓬蓬勃勃，很气质。

我的眼睛在其中一盆上停留：植株不大，绽开的两朵，含苞的无数，像是两位少妇领着一群儿女，漫步田野，享受阳光，开着热闹，流着温馨。

我一问价钱，不菲——280元。先生看我要买，急忙阻挡："还是买其他吧，你养不活的，家里空气湿度不够，别把人家花给糟蹋了！"

我固执地买下。固执！总觉，只要我精心，只要我掌握了茶花的习性，怎么就养活不了？我要看着它开，看着它开成它该开的样子。

可是，我错了。一个月时间，仅仅一个月时间，开着的两朵就凋零了，含苞着的始终含苞着，并且干枯成标本，纷纷地坠落、坠落。一并坠落的，还有我的心情。看来，"生在淮南则为橘，生在淮北则为枳"这话不假。

喜湿的植物，我偏偏把它放在干燥的空气里，本以为是养着，于它却是烤着，它不死才怪。不是我的，我要强求，结果就是把它给糟蹋了。

教育也是这样。让不同的脚穿同一尺码的鞋走路，脚疼，也走不远。她的兴趣在音乐，他的天赋在绘画。他觉得看一场球赛比走几何迷宫要有趣得多，他觉得看一场舞蹈比听一节语文课要兴奋得多。不如，索性让他们去做他们感兴趣的事，这样，也许能开成花，开成茶花。

茶花，要把它放在湿润的空气里养。要让它开着，开出茶花的优雅，开出茶花的气韵。

茶花，在祖国大地上开着的时候，我想，杨朔的那幅画上的茶花就更艳了。

天女木兰

见过美丽的花,却没见过眼前的这朵。

这朵,不同于其他。其他的,大多长在尘俗,都有很重的烟火气。这朵,却不同,高贵雅致、清丽脱俗,浑身上下带着一股不俗的仙气。

第一次见到这种花,是一位朋友的摄影作品,知道了它有一个不俗的名字——天女木兰。

它,花为白,白得任性、白得通透、白得晃眼,白得没有一丝杂质,白得令人心颤。花蕊是红,胭脂红,像一簇燃烧的火焰,像一颗红色的玛瑙。红里却又偏偏跳出来那么一簇黄,一簇,像跳动的光在闪,像火焰的星子在吐,像玛瑙里的絮在飘。白、红、黄,这样一配,这样一搭,实在是别致,实在是高雅,也实在是妙绝!

叶是浅绿,枝是淡灰。须浅,须淡,配了这白,搭了这红,衬了这黄,才不抢眼,才协调。花瓣像一只精美别致的酒樽,里面盛了红酒,阳光下,红一漾一漾地,在闪,在流。人禁不住想凑近喝上一口,只一小口就醉了,醉了。醉了人的还有那香气,一定是别具一格的香，俗气不属于它，不属于的。它就摇曳在枝头，绽放在光里，这样的花是需要枝头的托举的，它是公主，不是小家碧玉，要藏着掖着于枝间。

而这一切都被定格于一张底片上，可它明明是活着的，它的美是流动的，是生长的，是有翅膀的，早已在我的心里浩荡，浩荡开了。这美是会电着人的，它已经把我电着了，电着了。

这惊艳的美，是很容易让人记住的。不记住就是辜负，这么美！我于是寻找，于是搜索，迫不及待去靠近它，知道了它和它有关的一切。

我应该改"它"为"她"了，因为天女木兰本就是一个女子，一个不俗的女子，这个"她"配了它，才恰恰好。

传说，一位天女受不得天规戒律，下得凡间，路上遇难，被一花农解救，就演绎出类似七仙女和董永的故事，夫织布，妻种花，你恩我爱，你情我愿，和美幸福。可是好日子注定过不长久，天女被迫离去，离去之前，留下一粒花籽，花农种下花籽，就长出了花，这花，清丽端庄、雅致脱俗、叶如翠雕、花似玉琢，雅致美丽如离去的妻，我想，花农守着这花，就如守着妻，孤独也就被淡下去不少。天女木兰大概就是这样被叫响的吧。

难怪，这天女木兰并不多见，在俗世的花朵里与众不同，却原来，是带了天之灵气，长于烟尘之中，不超凡才怪，不脱俗才不正常呢。

因少而缺，因缺而贵。兰花生于幽谷，淡泊高雅，卓尔不群，不和桃李争艳，不因霜雪变色，低调之中透露着高贵，飘逸中流动着香气。这气节，我喜欢。天女木兰是兰之精品，更缺，更贵，仙子的气质、公主的风范。偏偏又长在了凡间尘俗，当然属于小众，小众好，天下之花，如果遍地，如果满目，就挤，就乱。

七仙女是天女木兰，美丽端庄、清新可人，飞天水袖里飘着一股股香气，翩翩舞姿里显出婀娜的身姿。是的，她是在仙女之上的，她是木兰，有巾帼之气魄，别的仙女活在规矩里，她却不，憧憬凡间，向往自由，跟着心走。一个跟着心走的人灵魂是自由的。她跑下凡间，过自己想要的生活，这胆量，谁有？尽管她最终被迫回到天界，但，还有什么可遗憾的？至少跟着心走了一遭，至少经历过所未曾经历过的。这性格，有棱角，我喜欢。

第一次看赵雅芝演的白素贞，就被一种超凡脱俗的气质深深吸引，她美貌绝世、明眸皓齿、倾国倾城，虽是蛇妖，却赛天仙。那时便想，赵雅芝的功力真是不浅，不但能演表情，还能演气质，一颦一笑，举手投足里都是优雅，都是高贵。今日提到天女木兰，就不由想到白素贞，想到赵雅芝。

白素贞是天女木兰，美貌气质都像，是骨子里的像。西湖清雨，遮不住白素贞下凡的决心，断桥邂逅引出了一段千古绝唱。可是，再甜蜜的爱情也经受不住僧道迷惑，许仙，糊涂的许仙！可怜白素贞，被压在雷峰塔下。雷峰夕照、断桥春梦、风月无边，那里压着白素贞千年的爱情、苦苦地守候。这个痴情女子，为爱，搭上自由，这劲，不俗，像木兰。

一直认为天女木兰是世间珍品，长在深山之中，飘举在高山之上，临风独自开放，卓尔不群，多少有些孤芳自赏，多少有些高处不胜寒。可那是以前，那是在它未被发现之前。美一旦被发现，就会像香气一样扩散、弥漫、遍布，何况是绝世之美呢？

所以，它就从深山出来，被移植到平川，被嫁接到庭院。看它，再不用隔山隔雾了，再不用是水中花、镜中月了。

它就在我的眼前，那么盛开，白花、红蕊、黄心，彼此渗入，却又各自独立。风姿灼灼、冰清玉洁，被阳光一照，越发俏丽；经风一吹，更加摇曳。其他花，小朵的、大穗的、艳丽的、淡雅的，在它面前都矮了下去，矮下去了。

听说，它是辽宁省本溪市的市花，便想，这该是怎样的一座城市，敢配这样高贵脱俗的天女木兰？虽没见过这座城市的容颜，但它一定与众不同。这样想着的时候，突然就想，今年暑假一定要去看看，一定要去。

有人说，每个女人都是一朵花，如果可以，我就要做一枝飘举于枝头的木兰，天女木兰。

平野菜花春

在油菜花开的时节,我去看。近处、远处、更远处,为了一睹油菜花的芳容、阵势,我坐火车、开车甚至坐飞机。

30年前,站在油菜地前的我,是无论如何不会想到跑个大老远,是看油菜花。

母亲问我:"油菜花有什么好看?有买飞机票的钱可以种一大片油菜了。"

我淡淡一笑,并不答。有看头,很好看。这个母亲不懂,母亲更关心芝麻、香油。

30年前,我站在油菜地边,挎着篮子去割草,那天,天很阔,无边无际的,像大地;阳很满,金灿灿的,像油菜花。

一群城里来的年轻人,学生模样,嘻嘻哈哈,男的拿了相机,背了一个帆布书包,女的穿着漂亮的衣裙,围了红纱巾。他们见了油菜花,用夸张的声音,毫无顾忌地抒情:"哇——这油菜花真美啊!美死啦!"

油菜花有什么美的?我想问,可没问。我的眼睛紧紧地盯着她

穿衣讲究搭配
但搭什么，都不如搭书卷气
旧物的价值，在于放置的地方
如果落在欣赏的眼睛上，便也风情万种了

每个家庭看起来不同
但他们的屋子里却住着相同的内容
那就是暖、爱和慈悲

当我们得到暖的时候
也应该想到别人也需要

品茶、嗅花
在文字里搬把椅子坐下
我们是要慢下来的
因为先前走得太快

们的花裙子和红纱巾，它们真好看！比这油菜花好看多了，我只在电影里见过。那年，我12岁。

还有，那个男的背上的帆布书包，军绿色、翻着盖，明晃晃的铁环、宽宽的带插进去，稳稳妥妥。跟我同桌的一样，从商店里买的，而我们的是母亲做的。大家羡慕地看着，眼珠子都快掉出来了，我有一回梦到自己有一个书包，跟这个一模一样。

一个男的手里拿着一个黑色的东西，正对着站在油菜地里的一个女的，而那个女的，脸上堆满了笑，像绽开了的油菜花，纱巾被风吹起，像一只翩然起飞的蝶。我想，那个东西就是照相机吧，以前在镇上的照相馆里见过，在电影里也见过。

他们在抒情，用声音，用动作。我纳闷，油菜花真有那么好看吗？

我望过去：天澄清，碧蓝，像一汪水；云清淡、缥缈，如丝如缕。阳光像闪动着的金子，洒在油菜花上，金黄金黄的，铺了一地，一直铺到天边，浩荡肆意、蓬勃茂盛，像融化了的太阳，流动着，汹涌着……

确实好看，那气势，城里是长不出的。只是家乡人一直把它当庄稼种，而非花。爷爷给它们追肥、除草，油菜花喝足了爷爷的汗水，爷爷很想让它们开花，开满花，开足花，好结饱满的籽，榨出清亮的油，好犒劳我们被清汤寡水洗清的胃。

那时，我还不会看花。跟爷爷一样，觉得它就是庄稼，跟玉米、高粱没什么两样。

油菜花上有成群的蜜蜂，嗡嗡嗡的，也有舞动着翅膀的大蝴蝶，它们比油菜花更好看，更吸引我。我用柳条圈一个圈，缠了厚厚一层蛛网，并留了一根长长的柄，拿着它，走在油菜花丛中，蹑手蹑脚地靠近蝴蝶，迅速一套，蝴蝶就被黏在网上了。有时，它能冲破云雾、飞向蓝天，却穿不过一张网。但，做这一切，我得趁爷爷不在时，要是踩踏了哪株油菜，会遭爷爷一顿噼里啪啦的数落。

也曾站在地头上看油菜花。满地满地的，像黄色的大毡子，无边无沿，流动着富贵气。金色，在乡下就是富贵色。就想，这富贵气什么时候能流到我家呢？这富贵色什么时候能铺展在爷爷脸上变成笑容呢？

收割油菜籽的季节，是爷爷最忙碌的日子，爷爷顾不得累，看着亮晶晶的油菜籽，只在心里盘算着，这些油菜籽除去缴纳农业税，剩余部分怎样精打细算来应对日月。在爷爷的盘算中，油菜花抖落了它一身的贵气。

爷爷每年种油菜，爷爷的地里也每年开油菜花，可是，爷爷的脸上很少笑成油菜花。

那是一个缺少花的年代。

后来，爷爷的脸上笑成了油菜花，可爷爷再也不种油菜花了，家乡的土地上也没有油菜花了。焦化厂的气息，割倒了油菜；煤炭的烟味，盖住了油菜花的香气。

油菜花的富贵气在地里凋零了，却开在了村民的日子里。

再后来，我没有在村里看到过油菜花，我连爷爷也看不到了，村子也不是原来的村子了，我也不是当年在油菜地里逮蝴蝶的那个丫头了。

种了一辈子油菜的爷爷，侍弄了一辈子油菜花的爷爷，只知道它是用来榨油，却不知道它还能用来观赏。

每次回到家乡，看不到油菜花，我的肠子拧成了一朵油菜花，像干旱久了的，又被太阳暴晒过的油菜花，干巴巴地难受。于是，我开始想油菜花。于是，我到处看油菜花。

先是我所居住小城的周边，很少有，即使有，也是一小片一小片的，零零星星地点缀，像在大地上绣了小朵的花。油菜花，不像其他花，单朵就能开出气韵，单朵就能开出媚态。它须大片，须规模，须无边无沿，须无遮无拦，一直开，开到天边，才好，才好。这是一种需要抱成团，需要布成阵的花，它能开出团队精神、集体气质。

其他花美在朵，它则美在群，一群，一大群，群越大越美！

都说青海门源油菜花好看，也开得迟，七月份正值暑假，那一定要去看。

门源的油菜花霸气！植株百万亩、绵延数十里，黄灿灿、金闪闪，像祁连山脚下铺展而成的金色画卷，浑然天成、美轮美奂；似西部大地上流淌着的金色花海，肆意蓬勃，妩媚动人。天与地相接，眼前是金黄，尽头是黄金，都在闪，都在流。鼻子里是香，衣袖里、发丝间也是。

看着满眼的花，心里也会开成花；闻着满鼻的香，日子都是香的。

去一趟青海，很远，也要花很多银子，可，我觉值。它像我记忆里的油菜花，现在很少有这种气势和霸气的油菜花了。

江西婺源、陕西汉中、湖北荆门的油菜花也很出名，我没去过，但以后一定要去，我的生活里不能没有花，不能没有油菜花。

当我写下这些字的时候，我就想到了我家乡的那片油菜花，它们不在了，永远不在了，我想它们，想它们什么时候能再开一次，一直开到天边。

月下美人

《诗经》里有这样的诗句:

> 月出皎兮,佼人僚兮。舒窈纠兮,劳心悄兮。
> 月出皓兮,佼人懰兮。舒忧受兮,劳心慅兮。
> 月出照兮,佼人燎兮。舒夭绍兮,劳心惨兮。

这月下美人,说的就是昙花。

我知道了昙花,并非因为《诗经》,而是源于"昙花一现"这个成语。当时,给学生讲到这个成语,就想,是怎样的一种花可以只一现?

后来才知:昙花,早不开,晚不开,只限于夜晚,八九点开,零点左右败。舞蹈着来,惨烈地去,生命短暂,如流星、似烟花;像一条优美的抛物线,明明刚刚还璀璨无比,眨眼,只一眨眼,就不见了;也像流星,闪耀地亮,快速地灭。

它为何这样匆匆,这样赶?

这莫非是昙花的个性？对一切傲然于普通之上的灵魂，我都有触摸的欲望。

在图片上见到昙花的清影，白的花瓣、黄的蕊，水莲似的白，雪花一样的洁，似有似无的淡，像掺进了大把的白。花，外是飘动着的带，内是盛开着的瓣，都闪着光，一种爆发的美，一种拦不住的势。像一盏水晶灯，玲珑剔透；像盛了黄酒的樽，漾着调动的欲；更像一位月下美人，俏目顾盼。

奇怪的是，所有的图片都是黑色的背景。一瞬间，我明白了，难怪黑白是绝配。黑衬白，那是一种触目惊醒的美，那是一种清冽决绝的艳。

一个美人，婀娜摇曳，立于窗口，看着你，浅浅笑，窗外是一泻千里的月色，淡淡地，照着她，也照着你，而你，正侧着了身，躺床上，你还会无动于衷、波澜不惊吗？

我没见到过真的昙花，但只这些图片，就打开了我想象的通道，而她，正沿着这条有月光的路走来，走成了月下美人。她娉娉婷婷、袅袅娜娜，莲步水袖里，都是一股一股清凉的香。

有人说，每一朵花前世都是一个女子，那昙花该是怎样的女子呢？我不知道，但她一定是一位有着月光般光洁的皮肤，有着月一般迷人的颜值，也有着月一样高洁的灵魂。浸在月下久了，一定染了月的味道。

花本来就是一花仙，她忍受不住天庭的寂寞，凡心私动，喜欢上了一个日日为她除草的花农，玉帝得知，勃然大怒，让她一生只能开花一瞬，也把花农送去山上出家，佛名韦陀。可，有什么能阻挡一颗爱你的心？又有什么能隔断不想你的念？女子生来都为情所困，她选择暮春时分绽放，就是为的能见上韦陀一面，那时，正是他上山采春露为佛祖煎茶之时，一年的苦苦等待、漫长的相思，只为见上这一眼，一眼，只一眼，就够了。

多么痴情的女子，多么专一的花，所以，后人把她叫韦陀花，韦陀，这名字带有禅意，像一尊佛。昙花是把自己立成一座情的丰碑，是把自己谱成了一曲爱的绝唱。

昙花艳丽，却一现；烟花璀璨，却消散。这，听上去伤感，摸上去凉。可，又一想，生命的历程，不是个人能主宰，但怎样的活法，却由自己去选择。

菟丝花长久，却一生攀缘，活不出自己的筋骨；墙头草不短，却一生靠风，失去了自己的立场。这样的长，倒不如短。

昙花的绽放，不长，却有"四弦一声如裂帛"的厉；昙花的绽放，短，却有"曲终收拨当心画"的韵。

从生命的长度上，大家都想活成长寿花，可上帝偏偏让你活成昙花，那就做昙花，生命的瞬间，绽放艳丽的色，飘出清洌的香，活出自己的质感和格局。

萧红，生命的历程短如昙花。31岁，正是生命之花璀璨艳丽、灼灼闪耀之时，可她这朵花就已凋零，她是现代文学史上的一块疤、一摊血，她生命的袍子上不但爬满了蚤子，而是被血浸染得鲜红一片。读她，人的心里是会抽出一些叫疼和惜的东西。

可又一想，活着有自己的风骨，何必在乎长短呢？她凋零了，可她的文学才华没有凋零，艳了现代文学史，到今天，依然艳着，今后，也将灿烂灼灼、永垂不朽地艳着。

萧红似昙花，现时明艳，落后更艳。才华如老酒，在时间里发酵越久，醇香越厚实。她至少给文学史上留下灿烂的一笔，这财富支撑着她昙花一现的生命，她活着，在文学的花园里璀璨耀眼地闪着光。

我们没见过林黛玉，但在我心里，林黛玉就是陈晓旭那样的：

眉如柳叶、嘴似樱桃，眼里永远是幽深阴郁的湖，扭动个细蛮腰，莲步轻启，一副弱不禁风的样子，让人怜，叫人惜。

自古红颜多薄命，林黛玉是昙花，陈晓旭也是昙花，本在开放的年龄，却过早地败了、落了，这确实令人扼腕叹息。可她们并没有死，林黛玉活在《红楼梦》里，陈晓旭活在了观众的心中。

年轻时喜欢琼瑶，也喜欢把琼瑶小说演活的明星，李钰就是其中之一。温柔善良、清纯貌美、善解人意，对李钰的全部认识，都定格在《情深深雨濛濛》里。可是谁能想到，那个眼睛如水、笑容甜美如花的女子，生命的指针却被淋巴癌定格在33岁那一年，再也不走了。

李钰是昙花，生命短暂；方瑜不是昙花，永远活着。在雨蒙蒙里，那个叫方瑜的女子，正撑起伞，走在情深深里。

生命陨落的速度让人措手不及，也让人无可奈何。可活一天也罢、一小时也罢，活着时努力，只要努力绽放出自己的精彩，绽放出自己的格局，生命的宽度就无限了。这样，做昙花，哪怕只一现，也无妨。

当然，我们做事情不能像昙花，只一现。

第三辑
Chapter · 03

把日子过成花

建一座木屋在山上

一座木屋，像一只飞倦了的蝴蝶，停在野花鲜草上，从此，在山脚，落地生根，安营扎寨。

我希望自己就是那座木屋，也希望自己就是木屋的主人。

是要建这样的一座木屋的。

选刻满年轮的原木搭建，开一个门，留几扇窗，按几块玻璃。屋子就三间：一间书房、一间卧室、一间厨房。室内是田园风格，田园配饰，田园味道。屋前要种花，屋后要栽树，屋顶上也要爬上花，开满朵。

门前是一条清澈的小溪，屋后是满山的花草，游云在天空走成诗行，薄雾在山间飘出意境。一张方桌、两把木椅、一本书、一个遮阳伞，还有桌子上刚刚泡好的野茶，这些东西像从山的骨头上开出的花，也像从山的胸膛捧出的果，淡雅而芬芳，朴素而饱满。

屋上种花，院里放桌，空中撑伞，这情景我在曾厝垵见过，也在鼓浪屿见过，一样的田园，然而，因是砖房，就少了些田园的味道。真正的田园离不开木。克隆了它的模样，却复制不了它的风骨和气质。

四周很静，出奇地静。小溪在脚下奏曲，鸟儿在天空清唱。蝴蝶扇翅的声音、花绽放的节律、草拔节的声音，还有微风翻书的声音、薄雾烹茶的声音，都听得很真切。我呢，就坐在这些声音里，不动声色，像山上的一块石一棵树，陷在一段文字里，沉溺在一个故事里。

细雨烹老茶，微风翻古书。这是老树画里的意境。可此时，坐在桌边的不是那位着长袍、穿布鞋的古人。而是我，一个爱棉袍、喜读书，骨子里充满风情和动荡的女子。

我把自己放在山里，就像茶把自己放在水里，脱去红尘的衣，染上自然的色，皮肤的纹理里都织进山的气息，心里的角落里都洒满花草的味道。我把一个累而孤独的灵魂，安放在木屋里。

灵魂不再漂泊，一切就都安稳。

清晨，倚在木门上，看山，看天，看花，看草，也看日怎样从山尖，迈了碎步游走；也看雾怎样在空气里，一点点地消散殆尽。时间慢下来，一切再无秘密可言。自己也再无秘密可言，心事涟漪般在嘴角漾开，心情花般在脸上绽放。

傍晚，就在屋后侍弄花草，舞弄菜园。如果此时，他在身旁，更好。这情景，容易让人想到男耕女织，"你挑水来，我浇院"这歌词，直白、朴素，像木屋前的时光。这烟火也朴素，也原始，像一块老粗布，像一个粗瓷碗。粗劣里的精致、朴素里的烟火，唯这里有。

晚上就坐在木屋里，不上网，不开机，只静静看书、默默写字。这日子看似寂寞，实则并不，书里有生动妖娆的展开，写作是另一种聊天或者释放。累了，就到院子里，看看暮色下的黑，看看星空下的山，另一种寂静会把你淹没，灵感像花朵一样绽放，像摇曳在夜色里的罂粟，艳丽而招摇。

如果有这样一间木屋，我会笑，连梦都会笑醒。

作家许冬林就有这样的一间木屋。只是我不知她在梦里似乎笑醒过。我想会的。一个想拥有木屋的女子，是连笑都不会伪装的。

许冬林的木屋建在山上。当初她建屋的时候是犹豫的，是彷徨的，怕山上的冷清和清苦，怕远离亲人的孤独和惆怅。但要建一座木屋的愿望花朵一样地唰唰开，纷纷扬。那就建吧。可是一住，她就再也不想走了，不想了！

空山新雨、鸟鸣烟岚，让她不想走了；花飞蝶舞、草繁花艳，让她不想走了。能把一个人真正留下的除了环境，就是感觉，她感觉这里是天堂，那就是天堂。

她说，人到了山中才真正地跌进古诗里。

她也许要的就是跌进古诗里的那种美，那种美大概是像山风一样、像清泉一样，要把她吞了、染了。被沦陷也是一种幸福。这幸福，只有她知，她知。

老树画中那个穿长衫、着布鞋、肩扛一枝花的男人，常常辗转在山与红尘中，我想，他在山中一定有这样一座房屋。木屋。一个能"抱着一棵花树，看看天上月光"的人，一个能"不问红尘破事，独自播种丘田"的人，一定喜欢古意，如果他山里有屋，那一定是木屋。

真想去看看他的木屋，和他在夕阳里、花树下，喝一杯茶，一杯用细雨烹饪的老茶。

陶渊明厌官场、喜山水，恶世俗、爱田园。他过得孤独，却也清高；他活得艰难，却也繁华；他不得志，却也立着筋骨。他把自己活成了一朵菊，这菊不开在繁华处，却绽在山头上，那么清高地迎阳沐露，世人看他，都得抬头仰脖、流敬带佩。

这样喜欢田园的人，这样喜欢清净的人，一定生活在乡下山里，也一定有自己的几间屋。如果，他能够选择，我觉，他一定要选木屋的。木，更接近他的本色，更接近他的气质，也更能安放他一颗孤独而高贵的灵魂。

想必是的。

我还不曾在山上的木屋里住过，但进过木屋，也在木屋前的遮阳伞下坐过，没喝茶，没翻书，只是像一股风、一缕烟一样地经过。

那是在山西一个叫穿底的山村。木屋就一间，潜进山的脊骨上，像山长出的一块肌肤，山的一面做了它的墙，另外三面是原木搭建，上了年纪、带了年轮的原木，窗户向阳，门朝东。

门前是河岸，岸上是太阳伞，太阳伞下是木桌、木椅、秋千。河岸高出了河水许多，河水下是涓涓细流、潺潺歌声，连接两岸的是吊桥。

看到它的那一瞬，像触摸到一个埋藏在心底的梦想，惊喜在眼睛里哗哗地流，在空气里纷纷地扬。继而，就是惆怅，就是失落，为什么我们不选择在这里住一个晚上？可错过的东西，就像错过的爱情，要追回来，不易。

这看起来并不难，可事实是，我到现在都没追回来。停不下脚步的生活，是不允许我走回头路的，就像人生没有回头路。

但，从此后，一个愿望，在我心的枝杈上偷偷苞朵、开花。并且，它在生活的沃土上一直妖艳而决裂。

月明风清

淡淡的月光，湖水一样清澈，玻璃一样透明。看上去薄，摸上去凉，感觉上却又是温婉无骨的软。这时，还偏偏来一丝风，说没还有，说有却又看不到，风瘦，瘦得像杨丽萍的舞步，踮起脚尖走，生怕惊动了什么似的。

我想，月明风清，大概就是这模样吧！

很喜欢这四个字营造的一切：月明，就像月明的样子，风清，就像风清的样子。这时，四周都黑了，只有月明着，自然地明着，偶尔有疏星点点，近处还有人家窗户里透着的温暖光晕，远处有昏昧的街灯。夜，因了这明月，多了诗意，格局也变得澄清而辽远了。

不开灯，推开窗，月光涌进来，一屋子的月光，一屋子月光的味道。

我坐在沙发上，一个人，看月光。月光真是浩荡，只给一条通道就足够。这带着亮光的白纱，铺满了地，罩在了家具上，也罩在了我的身上。心上，有一种看不清的东西浮着，轻轻的。我想，是禅意，或者是跟诗和远方有关的东西吧。

不开灯,灯光太刺眼,会把它吞掉,也会把一些意境罩住。有些东西朦胧反而更好,太直接,太透,于生活,有时是败笔。

此时,一个人最好。声音对月光是最大的破坏。不出声,只坐着,我看月光,月光也看我,彼此敞开了心扉。有时,眼睛的交流胜过千言万语。月光,这个过滤器,生活里的一些灰尘,心里的一些的尘灰,被它一点点地滤掉。面对月光这把筛子,我愿意是一堆谷物,经过它,我变成谷粒,一颗一颗,饱满而透亮。

窗帘摆动了几下。我知道风来了。它在我脸上停留了一秒,就走开。我看不清我,可我觉,我的颜值更接近明月,也更靠近清风。风带走了一些,也留下了一些,留下的,是真实的自己。我更喜欢不戴面具的我。

在屋里赏月,更有被月光拥入怀中的真实感。一屋子的月光,像爱人,拥着我。丝丝缕缕的清风,像蜜语,像呢喃。我,不孤独。

我爱上了明月清风,就像掉进了一场恋爱。它看似波澜不惊的外表,却让我的心里有着一种不加掩饰的浓烈,以及不设防的爱恋。

只要是明月清风的时候,我都不会错过,就像不会失了一场约会。

赏月的地点,除了屋里,就是外面。

明月清风的夜晚,外面,更像是一幅画。灯光闪烁,星星眨眼,月光一泻千里,树木花草、房屋人车浸在里面,像极了一幅画。这时候,我也做了画里的一景,那感觉是好,月明风清的好。

在小区赏明月,沐清风,惬意。坐在凉亭里,抬头,看天。黑的天幕上,只有月明着,星缀着。一块经年绣布上的绣画,带着古意和凉气,也蓄着清雅和恬淡。院子里,铺了薄薄的一层月光。踩在月光上的,有闲散的脚步,有闲谈的声音,还有撒着欢的狗影。

风吹来,我看到月光轻轻地摇晃了下,感觉碎了,可,月光挂在天上,只要没被天幕吃掉，就不会碎，碎了的只是感觉。

这风恰恰好。让月光有了动感，也让院子里的花草树木摇曳了些。在明月里，我就想做一棵树，在清风里婆娑，或者做一朵花，在暗夜里举起明媚的火把。

在广场赏月，也好。夏天的夜晚总是比别的季节长出一截，八点多，正是广场上人聚集的时候，人影绰绰，人声隐约，这里，是生活的延续，又比生活慢了许多，也闲了许多，淡了许多。

我沿着广场的边上走着，看老人小孩，看男人女人，也看树木花草，都在月光里，都闲散着。月光下适合闲散。他们有一搭没一搭地聊着，无所顾忌地舞着。月下，也有牵着手漫步的恋人，把爱和深情给对方，就像月把光给大地。

这时，有先生陪着最好。他也牵了我的手，散步。我们赏着明月，沐着清风，看人，也看月光深情的表达。或者，什么都不看，就牵着手，闲散着。这样的时候，是很容易让人想到诗的。

我想到诗的时候，就想到了诗人。因为月，成就了许多诗人。月一定是一位风情而柔软的女子，遇上她，诗人们会诗兴大发，会让月在那些平平仄仄里温婉缠绵，也会让风住进韵脚里。"小时不识月，呼作白玉盘"那是儿童对月形象化的诠释："明月松间照，清泉石上流。"那是明月照在松叶间，照在清泉上，想，明月也一定照在诗人的心上了，诗人的心也一定有明月的光泽，清泉流动的潺潺之声了。

我更喜欢在旷野里赏月。

开车去。我喜欢开车去，有把生活甩掉的感觉，也能更快地接近目的地。去旷野，远离城市，远离人群，也远离世俗。

站在路上，眼前一下子空旷了，月光、田野，整个世界仿佛都是我的。天空被月光抬着，高了，也更辽远了；地上，没有了建筑物,大了,也更空旷了。清风吹来,吹乱了我的长发,任凭裙角飘起。因为空旷,月没了遮拦,风也没了遮拦,我的心也不用设防。就这样站着,看远方,看更远的远方,心,一下子也开阔了许多。能装下月光的心,就没有什么装不下的。

中秋之夜赏月,为最。月明,还圆,圆如月饼,形似盘;月明,也满,满得空气里都是,满得到处流。空气里飘着香味,桂花的香味、月饼的香味。小城染上了团圆的气息。这时,一家人赏月才好,女儿挽着我和先生,讲她的过去,讲她的故事,也讲她的未来,还时不时地夹杂这笑声,这笑声,在月光中穿梭着,夜,变得摇曳而妩媚了。

中秋之夜,不宜一个人赏月,伤感,也容易抽出心底丝丝缕缕的疼。李白举头,圆月挂于中天,澄澈透亮,低头之间,思乡的情绪汹涌而来,化作了无限惆怅。苏轼对月怀人,与子由隔着千山万水,想见,却又不能见,那就只好"但愿人长久,千里共婵娟了"。这等祝愿实是无奈之举啊,自有一番凄凉在里面。

所以,中秋之夜,如果只我一个人,还是不去赏月为好。

因了月明风清,我更喜欢夜晚。一些隐匿下去,一些又浮上来。月明,风清,清爽而又朦胧。把自己放进去,自己也仿佛变成了明月、清风,恬淡着、闲适着。做一个月明风清的女子,我愿意,愿意!

听雨

时间过滤到这一刻,生活就只剩下这一种声音。

清晨,听雨。

阳台上,落地窗前,我坐在藤椅上。旁边的茶几上,是一杯早茶,茶香袅袅,飘出一些意境。雨天,赶上周六,一个人,坐着,听雨。

雨,细细的,全没了夏天的热情,更像是悠扬的小调,更像是温婉的诗行,也像林黛玉婀娜着的腰肢、杨丽萍舞动着的手臂。生活的急躁,被慢着的雨拉着,这个早晨温和了许多,也闲了许多。

坐着,看窗外,天空像一块灰布,把天遮着,却没能遮住云朵;烟雨迷蒙中,雨像一根根串珠,在天地间挂起帘子;远处的山黛朦胧着,近处的楼房静默着。小路上,有撑着伞走路的人,看不清表情;大道上,有疾驰的车辆,听不见声音。烟蒙蒙、雾腾腾,容易让人想到"一帘幽梦"。这样的天气,也适合做梦,做清梦。梦中一定会有唐诗宋词,也一定会有古巷石板路,路上也一定有撑着油纸伞走着的江南女子。

就想,今晨的雨不是云朵的眼泪,是天空的抒情。天空在向大地表白，芬芳的蜜语、香醇的呢喃，隔着帘幕，在氤氲的湿气里传来，生活一下子软下来。

我身上的烟火味没了，耳旁的喧嚣声没了。这个早晨，为我关了一扇门的同时，又为我打开了另一扇门。

雨不但要看，更要去听。会看雨的人多，但能听懂雨的人少。

静，静谧。这小的雨声，是静最好的衬托。这静，打乱了我生活原有的秩序，这个早晨，我可以用文字把它填充。我喜欢这样的静，像一位端庄的女子，不急不躁。这雨，也让我像一位端庄的女子，不急不躁。面对生活，我多么希望不急不躁。

起身，推窗，我与雨之间有玻璃隔着，我不想隔着。不隔着，听雨，真切。楼下是一排菜地，说菜地，其实有点夸张，也不过就是一楼住户的几平方米的小菜园。各种菜拔节的声音、各个叶片你挤我搡的声音、雨珠从高的叶片跳到低的叶片滚落到地上的声音、土地贪婪地吮吸的声音、地里虫子们躲雨的声音……这时，听雨，听趣味。

雨淅淅沥沥，不大，雨脚还算密。阳台上的盆花，面对雨，一副望眼欲穿的样子。端起它们，放到阳台外的铁栏上。雨点，一点点打在叶上、花上，叶绿莹莹放着光，花鲜艳艳滴着露。都说润物无声，细听，有声。叶喝水的声音、花绽放的声音、灰尘消融的声音，雨和花说着情话，芬芳的清香，一缕缕地氤氲着。再听，分明就是一位女子，着了长裙，绾了发髻，怀里抱着琵琶，纤纤玉指拨动琴弦，在弹，弹一曲江南小调，弹一曲阳春白雪。这样江南一般的雨，下在北方，北方也软了许多。

我向来不喜欢大雨，雷声轰隆隆，雨声急促促，像万箭，眼花缭乱，像生活，在赶。太过热情的给予，庄稼受不了，人也受不了。生活需要细水长流，爱也一样。

风温柔地吹着，雨斜斜地织着。我伸出手，接雨，雨是跑着浸入我掌心的，一条条线不见了，成了温柔的一摊，然后，就剩下一片湿。这雨，洗净了手上尘，冲走了心中烦。

此刻，世界缩小，只有我和雨。

我走下楼，不打伞，我把自己放进去，像放一些茉莉，雨把我往流浪的路上带。

雨打湿我，我被雨打湿。我听到它们在一点点地冲洗我，我干干净净，游离在尘世，像院子里的一棵树、一朵花。做这样的一棵树、一朵花，好。

这时听雨，更真切，雨声也大了许多。一滴滴、一声声，如一颗颗散落的珍珠，落地，随意散开，落进红尘，无法寻觅，无法拾捡。雨帘中，就仿佛看到了几个儿童，摇头晃脑，念着儿歌："千条线，万条线，到了地上找不见。"那是我儿时的画面。小时，并不会听雨。其实，雨到了地上是能找见的，它们的影子在树上、草上、花上，也在人的心里。

一个早晨，我都交给了雨。没看书，没写字，也没做家务，可我觉，值！

也喜欢夜晚听雨。卸下生活，躺在床上，听雨。雨声飘落，落在屋檐，落在窗台，落在清冷的床沿。一屋子都是它们的声音，像呢喃，像蜜语，像你侬我侬、生死相依、海枯石烂。雨的风情尽显，雨的温柔千转。雨声填充了寂寞，雨声赶走了孤独。这夜，因了这雨，也五彩斑斓了。

更喜欢在老宅的屋檐下听雨。老宅，四合院的老宅最好。站在屋檐下，斜斜地靠着老旧的木门上，听雨。雨点打在瓦楞上，像珠子，跳跃；像音符，弹奏；更像是舞蹈的脚，轻轻点着瓦片。瓦片，天然的琴键；雨点，大自然的乐手。那声音，跳跃连贯、有层次，时而独奏，时而合唱。再听落到地上的雨，声音悦耳，滴滴作响。看地上，雨荡起涟漪，像老唱片。就把自己错当作大家小姐，这雨帘里一定织进去她的清梦。

这种情景下听雨，心里很容易会染上音乐的。

也在西湖的船上听雨。细雨丝丝缕缕，缥缈着，飞扬着。它们是飘着到西湖上的，雨声几乎听不到，连涟漪也荡不起。这时听雨，听的是朦胧。似有非有，就是朦胧。朦胧的烟雾、迷茫的空气，断桥上的油纸伞下，传来了白娘子一声幽怨的叹息。

当然，听雨，能听出什么，心境占了很多，也跟年岁有关。心情郁闷时，它是道道伤痕、声声叹息；心情好时，它是温婉的音乐、动听的歌声。我以前是这样，可，上了年岁，无论悲喜，都不悲不喜；无论愁恨，都不愁不恨。这样的心态，听雨，雨总是发着古意而又安静的光芒。

这光芒，是暗夜里的灯盏。

在咖啡里沉溺

缱绻午后,光线淡下去,夜色升起来,在慢条斯理的时间里,冲一杯咖啡,然后,一小口一小口,慢慢品。

咖啡的香味袅袅,蒸腾、弥漫、轻盈,蝶一样飞进我的鼻翼,风一样把我紧紧裹住。我甘心做一颗咖啡豆,在安静的午后沉溺、沉溺……

我从没觉得"沉溺"是个贬义词,相反,它是固执的专注,是物我两忘的境界。喝咖啡就是喝咖啡,别的都不去想,都沉淀下去。这个午后,是咖啡的午后、我的午后。

这个午后,少有的静。我动一动,都不忍,怕把这静搅碎。生活被咖啡隔着,我听不到车鸣叫,也听不到人嘈杂,只听到咖啡的颗粒在融化的声音、夕阳坠落的声音、夜渐渐漫上来的声音。时钟被暮色掩住,我看不到时间,却能听到时间在缓慢移动。突然就明白了陶渊明为何"结庐在人境,而无车马喧",那一定是心远了。此时,我也心远了。

生活远了，午后安静下来，这个午后真的和我一起安静下来了。

坐在窗前，看。外面，月色朦胧，景物婆娑；里面，热气缥缈，香味弥漫。我搁在它们中间，闲着。闲着好，因为闲，我能在一杯咖啡里沉溺；因为闲，我的灵魂得以自由地呼吸；也因为闲着，浪漫才有了呼应。咖啡是我久别重逢的恋人，我有着膨胀了的喜悦，我的心因此而妖娆。

我细细端详一杯咖啡，它有着浓烈的香味，有着黏稠的质感，有着摇曳的舞步，也有着魅惑的眼神。北回归线阳光的饱满、夏威夷海洋的呼吸，都一并来了，在我的鼻翼间舞蹈，在我的味蕾上缠绵，千回百转、蚀骨销魂。

是这咖啡把我往浪漫的路上带。

浪漫，是咖啡的又一个名字。咖啡，这个名字带着洋味；浪漫，这个名字是浸了一身的诗意。生活更多的时候，是需要实实在在的小米粥，但，天天喝粥，就会腻。偶尔来杯咖啡，会锦上添花。

咖啡香味迷醉起来的时候，适合邂逅宋词。在烟雨迷蒙的石板小巷里，空气里飘着说有似无的淡淡清香，一个罗衫淡淡的女子，踩着婉约的韵脚，从宋词里走来。恍惚间，对面坐着的就是李易安，她端起咖啡，轻饮慢酌，在咖啡的浓香里，她的诗意一定泛滥了，那杯盏里一定盛满了她的离愁。

我驾着文字的舟，泛游于宋词的烟波浩渺中，在夕阳的温婉里沉醉。唯眼前袅娜着的咖啡香味真真切切，它提醒我，我与宋词已隔了千年。

有人说："音乐中含有美感，诗人态度娴雅，深思清爽，去野入文，怡然自得，以领略有生之乐。"

这观点，我赞同。在缱绻午后，在氤氲香气里，来点音乐最好。

咖啡的香味，需要音乐来抒情。静静地躺在藤椅上，慢慢地闭上眼睛，悠悠地听着音乐。那乐声带着诱惑，还有某种特质，如清泉缓缓流过，似鸟鸣清脆入耳。它呈现我，也隐匿我。音乐浮起来的时候，生活里一些东西都沉了下去。

或者什么也不做，什么也不想，就坐着，喝咖啡。这个闲着的午后，因为有了咖啡，就有了情调。在有情调的午后，咖啡分明就是一位风情万种的女子，临窗而立，在深情款款地注视着我。

"咖啡"这两个字，跨越千山万水来到中国。来到我跟前时，已经是20世纪90年代了。

曾在电影里，见过外国女郎喝咖啡。咖啡馆、欧式灯、轻音乐、白瓷杯、黑咖啡。时髦女郎，穿晚礼服，披波浪卷，加一块冰糖，然后拿小勺，一下一下地搅动，偏偏，荧幕上来了那么一个特写镜头，那姿态，优雅得像油画里的女子，让人好生羡慕。那咖啡的香气丝丝缕缕，袅娜着、舞蹈着，隔着屏幕，我仿佛能闻到它饱满而闪光的香味。尽管那时，我并不知咖啡的真正味道，但，那味道在我以后的日子里，一直飘着。

第一次喝咖啡，是在工作后。那时，在恋爱中，先生送给我咖啡：一瓶咖啡、一瓶咖啡伴侣；一瓶咖色、一瓶奶白。我也学起电影里的那女郎的样子，小心翼翼的、郑重其事的，像举行某种仪式。入口才知，又苦又涩，并不是想象中的味道。喝惯茶的味蕾，是很难适应咖啡的。渴慕已久的东西，其实也不一定像当初渴慕的样子。

可喝第二杯时，咖啡的精髓和格局就都出来了，还有它的质感也一并都在舌尖上了。苦中藏甜，甜中含苦，苦与甜的组合完美到极致。

生活，如咖啡，沸沸腾腾，跌爬滚打，看似苦，却甜，只是这甜藏在深处，需坐下来，一小口一小口，慢慢品，喝到深处，皆是甜。但甜尽时，苦漫来，甜变苦，苦变甜，甜甜苦苦才是生活。苦时想着甜，甜时要珍惜，这日子，才掉不下来，才浓似咖啡，化不开。

以后，我喝了第三杯、第四杯……我还一直喝下去。我爱上了咖啡，爱上在咖啡里沉溺。

都说，咖啡小资、情调、浪漫。其实，这没什么不好的。小资，说明我们有了一定的物质做了后盾。年龄可以衰下去，颜值可以败下去，而情调和浪漫要至死都年轻着。

酒烈，适合大喜大悲；茶雅，适合清淡闲适；而咖啡浓，适合小情小调。茶是妻子，是波澜不惊的长久陪伴；酒是情人，是恹恹欲睡中的偶尔点缀；咖啡是恋人，是一见钟情时的彼此倾心。

我爱上咖啡，就像遇上一场恋爱。咖啡的香饱满而放纵。怒放着的香、浩荡着的香，是不能让我拒绝的，只想着，沉溺、沉溺……

熬一锅粥喝

夕阳敛起了羽翼，屋子里的光线，透着昏昧的迷醉。这时，去熬一锅粥，最好。

把米淘好，把豆洗净，再放一些核桃，撒几粒枸杞，投几颗枣，放紫砂锅里，小火，慢慢熬。像熬不温不火的日月，像熬不紧不慢的时光。

起初，火焰舔着锅底，水是水，放进去的物还是原样。后来，水也不是水了，各种物也去掉了羞涩，还有端庄的样子。再后来，黏稠、缠绵，你进入我，我染上你，分不出彼此。烟火熬制成的粥，必然像了烟火的日子、寻常的人家。

清清粒粒到沸沸腾腾，跌爬滚打之后，剩下的就是波澜不惊，还有一脉悠远而沉淀的香气。

粥的一生，就是人的一生。

青涩的年月，如早晨的第一缕阳光，如雨后新鲜的空气，见不了半点灰尘，也容不下一粒沙；奋斗的年月，像铆足了劲的战车，像上足了发条的指针，恨不得把浑身的热量消耗干，恨不得把世上的路都走完；而中年以后，一切都平了淡了，不悲不喜，不愁不苦，像熬制好了的一锅粥。

这样，看熬粥，是能窥探到它的整个过程，以及隐秘之处。我喜欢看一场粥事，年岁越大，越喜欢。能静下心来，默默地看一场米水揉腻互溶的过程，我觉得，我的心里，就已经飘起粥香了。

或者不看，在餐厅里，捧本书来读。粥香从厨房里飘来，丝丝缕缕，漫上鼻尖、发丝。充满暧昧的光线，斜斜地搭在我的肩上，在这样的情境下读书，迷醉，一定要迷醉了的。

或者，穿了宽松的睡袍，系了碎花的围裙，围着锅灶，做几样小菜：一碟黄瓜丝，用几根金针菇来搭；一盘土豆丝，用几条辣椒丝来缀。更或者炒一碟先生爱吃的花生米，切几片老菜缸里的咸菜。粥熬好了，菜也备齐了，然后，坐下，我和先生隔着餐桌喝粥，也吃菜。平平淡淡的日子，倒也能过成粥香。

我喜欢傍晚熬一锅粥，那种昏淡的光线、那种浓浓的粥香，是烟火里的幽兰，散发着妖一样的媚。仿佛，傍晚的屋子，敞开了肚子，就等着装一锅粥的香味，以及暧昧的光线。这暧昧而朦胧的光芒，这醉倒人的香味，容易让人沦陷。

也喜欢在双休日的早晨熬粥。这个早晨不用上班，有足够的时间熬粥。熬一锅粥的时间，我可以做许多家务。放一段轻音乐，打开所有的窗户，迎接早晨的第一缕晨曦，擦干净桌子，扫干净地。屋子里装满了清新和粥的香味，清新之外，自有一份月明风清的澄净和脱胎换骨的气息。

冬天，熬这样的一锅粥，最好。窗外，狂风吹，透着凛冽的寒气；屋内，锅里冒着腾腾的热气。一家人围坐一起，我不急着上班，先生也不急着公务，女儿也不急着把头埋进书里，一边喝粥，一边闲聊。再抬头向外时，发现天空里竟纷纷扬扬飘起了雪花，就想到了"绿蚁新醅酒，红泥小火炉"这样的诗句。虽没火炉，也不曾喝酒，但已有醉了的感觉。

喝粥，讲究的是盛具，粗瓷、青釉都可，不过，如若黏黏稠稠的粥，放在了粗瓷碗中，更好。粥的黏稠，配了瓷的粗犷，像山花配了小草，搭！也更接近烟火。如若放在玉樽杯盏里，粥太过粗犷，会掩了玉的细腻温婉。

喝粥，在自己家喝和在粥店喝，不一样。自己熬制的，掺进了亲情，也掺进了日子。在自己家喝，喝的是天伦之乐。在粥店喝，要选朴拙小巧的粥店，砖墙壁、木桌椅。服务员穿红花布衫，头上罩蓝花小帕，把盛满粥的粗瓷碗放在你的面前，临窗坐下，一边喝粥，一边看街上来来往往的行人，扭头，就嗅到了窗台上清新怡人的百合。抬头低眉之间，嗅着的都是清香，我忽然觉得，这个飘着粥香的傍晚，也摇曳了许多。

喝粥，饿了，喝的是温饱；闲了，品的是味道。我喜欢慢，慢下来，一勺一勺喝粥。这样喝粥，能喝出茶的风雅，能喝出咖啡的浪漫，也能品出粥的气韵。不急，稠稠密密的日子，不能太急，急了，就丢了闲适的情趣，就乱了放松的阵脚。日子除了要过，更多的时候，在于享受。

佳肴，属于偶尔点缀的玫瑰；粥，才是细水长流的日月。佳肴，精致，是枕边的欲；粥，粗劣，是生活里的情。烟火日子，红尘岁月，可以不要玫瑰，但不能没有面包。我喜欢花，但我也知道，谁的日子都不可能靠着花丰盈。佳肴，不需要天天有，然而粥却不可一日无。

粥，确实不可一日无，无了，就觉不舒服，说不出哪里不舒服，可哪里都觉不舒服。赶上中午酒宴、晚上宴席之时，就误了喝粥，本以为误就误了，可一觉醒来，总觉空落落的，少了点什么，一拍脑门：忘喝粥了！那是一种多年的习惯突然被打乱的慌恐，也是一件心爱之物突然丢失的心痛。第二日早上，是一定要补上的，一定要的！

　　小时喝的粥，并不像现在黏稠，也并没现在这般五花八门。无非是清水里下了几颗米粒，稀稀拉拉、历历可数，米是米、水是水。这清汤寡水，说实在，我并不喜欢，也填不饱我日益膨胀的胃口。

　　后来很长的一段时间，我也并不喜欢喝粥。觉得粥，不咸不甜的，没味，不如茶香，也少了咖啡的风情。那时，年轻浪漫，喜欢阳春白雪，喜欢小桥流水，草根的东西都排斥。总觉，这细水长流的日子，像单调的蝉鸣，像慵懒的夕阳，也像死水一摊。跳跃的日子，绽放的日子，总像前方路上的诱惑。

　　都说，中年是一个坎儿，好多溃败下去的事物，都在平淡的心田上开出花朵。那些曾经的欢喜，变得又薄又脆，经不起岁月和风的摇晃。我喜欢上了粥，喜欢上了熬粥，喜欢熬粥比喜欢粥更胜。而且，这种喜欢，与日俱增。

　　在细水长流、波澜不惊的日子里，打开煤气，坐上锅，熬粥，就熬粥喝。

缱绻午后

（一）

春天午后的光线很克制，稀稀疏疏、松松垮垮、慵懒而散漫。稀薄的光线斜斜地射下来，射在了阳台上。

阳台上的光线，不拥挤，不炫目，清清浅浅，如初春时节枝杈间刚刚冒出的梨花，似有似无。我是很喜欢这样的光线的，好似一张温暖的软床，对我构成诱惑。

在没课的午后，一切变得慵懒。生活被落地的玻璃阻隔在外面，当一切被屏蔽了的时候，世界就缩小到阳台的大小。此时的阳台，清简如一枚句号，我陶醉在小小的满足里。

有人说，女人的衣服是女人品位的标签。同样，房间里大到装修，小到物饰，都代表了主人的审美和性格。不足 10 平方米的阳台里到处都有我的影子：白色纱帘、藤条躺椅、玻璃茶几、镂空花架。绿萝，于墙的一角自房顶缓缓而下，流动着瀑布般的绿，绿上缀着白花、淡雅清浅，被米黄色墙砖一衬，勃勃而俏丽。

没课的午后，我是属于阳台的；其他时候，我属于生活。

当我面对它的时候，我不用戴着面具，也不用化妆，可以穿睡衣，拖拖鞋，甚至光脚，把自己放松到彻彻底底，我就是一个刚刚睡醒的慵懒小妇人，其他，什么都不是。

这个时候，我把自己放在躺椅里。可以看，也可以不看，可以想，也可以不想。其实，这样挺好，它是身体的一个驿站，更是思想的一个驿站。停不下来的生活，是需要这样的一个缓冲的。

（二）

沏一杯茶。茉莉花茶。据说，花茶是众多茶里营养价值最次的一种，但我就喜欢，固执地喜欢。隔着玻璃跟它对视，看它在滚烫里怎样翻飞舞蹈，看它怎样一点点地膨胀，又怎样一点点地给水染色，直到水变成茶的颜色。水已不是最初的水了。有时，看似强大的，会被渺小摧毁。

一缕一缕的雾气，从杯里飘出，飘出一些意境，袅娜着，舞蹈着。此时的杯子，仿佛是一个蓄满了雾气的仙谷，我不由想到了一些缥缈，想到了老家院子里飘在晨曦里的炊烟，心底就漫上了一些暖。

是清香。淡淡的，一缕一缕地牵扯着我的嗅觉，久远的，又是新鲜的，仿佛是茉莉花结在树上的一个梦，而这个梦又仿佛是积蓄了很久后的绽放。是先有了花，而后才有了香。红茶、绿茶、白茶、普洱，里面是没有花的，因此就缺了香。香是一个很好的词，嗅觉喜欢，味觉也喜欢。

鼻子在靠近杯口的那一瞬，香味就浓郁了，眼前仿佛是成片的茉莉花，被风推着送过来，茉莉花的娇态、茉莉花的清香一并涌了过来。这种意境，也只属于慵懒的午后，平时，繁忙的生活是无法抵达的。

此时，我有足够的时间，观察一杯茶的隐秘，这拉长放大了的过程，让我欢喜。我得到的远远超过了一杯茶。其实，如果我们不忽略过程，会看到好多闪光之处。我所从事的职业——教学是这样，生活也是这样。

午后。阳台。一杯茉莉茶。我打算，就这么一直跟它恋爱下去……

（三）

缱绻午后，清浅光线射下来，把公园铺成一种静谧：花开放，草匍匐，白鸽在觅食，狗在静卧，凳子上坐着的人们，手里捧着书本，一双眼睛陷进书里。空气里布满了书的气息，还有优雅的气息。

这是犹太人读书的画面。优雅如一幅古画，一下电着了我。我把这种渴望带到生活里，然后，尽量地让它们从生活的底层浮上来。

我愿意在这样的缱绻午后，陷进一个故事，哪怕是哭得稀里哗啦，哪怕是义愤填膺，即使我整个人都沦陷，我也乐意。文字里举出的智慧花朵，黑暗里燃烧的火焰，召唤我。文字的美拽着我，眼睛迫不及待，心也是。

我愿意在这样的缱绻午后，邂逅一些诗词。诗词都是生活的高度提炼，人家说，浓缩的都是精品。我是很喜欢精致的。

"笑的是她的眼睛，口唇；和口唇边浑圆的漩涡。艳丽如同露珠，朵朵的笑向，贝齿的闪光里躲。那是笑，——神的笑，美的笑；水的映影，风的轻歌。"

读着这春天一样的诗句，我突然就看到林徽因嘴角漾着笑，款款地走在大学校园的林荫道上，把自己走成了一段风景。如果，文字里时常飘着这样的优雅，我想，时间久了，它们就会跨过文字，飘向我。

因为文字，我认识了好多朋友，虽然不曾谋面，但却有着一致的气息。他们是古代的、现代的、当代的，他们遍布天涯海角。在文字里我看到他们的容貌、品质和棱角。在他们身上我有时能看到自己。有时，能看到自己向往的样子。这样的发现，为我建立了一个磁场，让我欣喜。

（四）

　　时间在走，光线变暗。窗外，尽管不时会传来工厂的机器声、火车的轰鸣声，还有各种生活的喧嚣声。但玻璃会阻挡切割一些，我的耳朵也会剔除一些。所以，此时的阳台，还是靠近"安静"这个词语的。

　　这个时候，我什么都不干，什么都不想，只躺着，发呆。生活告诉我，发呆也是一种很好的生活方式。

　　绿萝，是我去年春天花50元买来的，买了它就等于买了春天。在它那里没有四季的更新交替，只有春天。只是，比刚买来时更肆意、更葱茏。看着它，我就嫉妒，忽然就有忧伤在心里哗啦了一下，但倏地就不见了。也许是明白了，如果老待在春天，就体验不到夏的热烈、秋的沉稳、冬的内涵。

　　这时，有香味漫过来，它来自花架上的栀子花。同样清淡，实际它的香味是浓郁的，我多次用鼻子靠近它。这是一种不张扬的花，花朵没有玫瑰的艳丽，没有牡丹的厚重。但我感觉它很个性，黄色的花瓣含蓄内敛，那香味，如果不靠近就会忽略。这性格，我喜欢。

　　绿萝也罢，栀子也罢，它们是我屋子里的另一群居民。我想，它们老待在阳台上也不好，我明天得把它们搬出去，让它们也透口气。

　　我听到了时间的脚步，它们从玻璃的缝隙里飘进来，落在植物的叶片上，滚动、滑落，然后跌在地上，碎了。突然，头脑里就冒出"海日生残夜，江春入旧年。"这两句诗，心里一下就敞亮了。

晨歌

（一）

夏天早晨的光线，就是比别的季节早到了些，也烈了些。

黑夜逃遁的背影、黎明匆匆的脚步，都被光覆盖了。光鲜亮着，闪耀着，在窗帘拉开的一瞬，"扑通"一声涌了进来。卧室被光照着，屋子里的空气都在闪眼。

太阳把灯盏挂起，光把手臂伸长，舞台上漾满了亮和暖。世界上没有谁会拒绝亮，也没有谁会拒绝暖。人不会，物不会，连歌也不会。

阳台上飘来了歌声。

那盆绿萝，买来时是春天的样子，现在，已经肆意成夏天的样子：向着左右，向着前后，向着上，向着下，呼呼地生长，不停地蔓延。茎蔓拖至地面，叶片淹没花盆。我听到，生长的声音、迸发的节律。

花在阳光的沐浴下绽放着，一点一点，带着专注的神情，带着努力的气势。花显然是被光诱惑了，情不自禁地就把自己变成了光的一部分。花瓣上、花蕊里都是。

是光明亮了花，还是花鲜艳了光？这个或许并不重要，重要的是我看到了花的专注。查尔斯·科瓦奇说："你可以从花的身上学到真正的专注。"在花的专注里，在花向阳的姿态里，我听到花瓣绽放的声音，这声音让我感到了太阳和大地和谐的力量。它们抵达我的耳廓时，我的耳朵就充盈起来，我感到身上该兴奋起来的地方，已不再平静。

是鸟儿的啾啾声，把我的目光引向玻璃的。一只鸟站在窗沿上，睁着圆滚滚的眼睛，满目含情地注视着阳台上的花。它是在用歌声、用眼睛跟花交谈。一块玻璃隔在它们中间，它们看起来很近，其实很远。

鸟儿煽动一下翅膀，就能拥有蓝天。我用一生，都不能飞翔。可眼下，能飞越千山万水的鸟儿，却穿透不了一块玻璃。生活就是这样，不是给你一双翅膀，都能抵达，世界上有些距离，终其一生，都难以跨越。

我屏住呼吸，甚至不敢挪动一下身子。面对鸟和花，这是我现在唯一能做的。我怕惊动了一个眼神、一次交谈、一个故事。

对自然，对外物，不打扰，不惊动，就是帮助，就是尊重。

此刻，躺在床上的我开始有了同情，有了遗憾。可望而不可即的惆怅、咫尺天涯的失落，让我的心开始隐隐地疼。

"叽喳——"鸟儿清脆地叫了一声，煽动着翅膀飞走了，翅膀里没有落寞，声音里都是快乐，这让我震惊。难道鸟儿不够珍惜，还是花儿不再挽留？

鸟儿知道，有些距离，不是努力，就能跨越。跨越不了，装进心里，也是快乐。

那一刻，我顿悟。

（二）

在下楼的时候，我突然改变了开车上班的习惯，今天步行！我不能让玻璃把我和这个城市隔开，和生活隔开。

菜园街是一条家到学校的必经之路。

菜园街确切地说是菜市场。夏天的早晨，这条街道丰盈而热闹，人多如织：站着的、蹲着的、走着的、弯腰的、忙碌的、闲散的，让我一下子想到了前几天课本上看到的"摩肩接踵"这个词语。百度的意思是形容人多，我觉得这样的解释太笼统，我回去一定给学生补充：夏天早晨菜园街的样子，就是这个词语要表达的全部。

我的眼睛拥挤，接着耳朵。

高的、低的、男的、女的、粗犷的、细腻的声音，一片一片、一堆一堆地涌来，偶尔夹杂着一两声狗叫，乱糟糟、闹哄哄，一下子把我的耳朵塞得满满的。

在以往，我怕听这样的声音，嘈杂喧嚣，我常常是采取逃避，可是，后来我发现，即使是逃避了菜园街，也逃避不了其他街。面对生活，逃避并不是最有用的办法，不如试着接受。

这种陡然转变，让我对生活有了一种新的感悟：原来，生活并不像我想得那么糟糕！

这臃肿的声音，这乱糟糟的声音，换了角度或者心情，就会截然不同。贴近耳朵或者蹲下来，那声音就会被一层一层剥离得清晰而富有层次，像一首接地气的歌了。

那些叫卖声很有特色，浓浓的方言经他们叫卖艺术的包装，显得悠扬婉转。有的提前把叫卖声录制在小喇叭里，循环往复，经过斟酌预设的声音，再加扩音器的处理，仿佛是唱戏，细听，还真有韵味。

那些讨价还价声，高高低低地响着。一位大姐正跟一个商贩争执，不知为什么，在高八度的声音里，我看到了她的面红耳赤。

在小街的一隅，有一位残疾人，坐在一块带轮的木板上卖力地唱着，歌声从话筒里传出，哀婉忧伤，久久不能散去。摆在前面的破铁盒里时不时有纸币投入，就想，愿这温暖能稍稍冲淡他的忧伤。

那是抒情的叫声，伴着拍肩的动作，定是常不联系的旧友或者熟人，被偶然相遇的惊喜点燃起来，进而变成夸张。

被圈在笼子里的鸡，对着铁笼咕咕地叫着，也不知是在反抗，还是因为刀下流血的同伴让它想到了自己的下场。笼子里的一只兔子，竖着耳朵，呆呆地注视着冒着热气的铁桶，眼睛里有幽怨掠过。

在这些高低错杂的声音里，我听到了生命的律动、生活的步点。

阳光不知什么时候变得热烈了，它们照着菜园街，照着这些声音，嘈杂混乱的生活忽而有了光泽。

（三）

校园的铃声清脆连贯，一长串，像一首老歌，老旧却亲切。此刻，它更像是一道指令，牵动着师生们的脚步。

教室里，光线经纱窗的分割，均匀地照在黑板上，照在桌凳上，照在每个孩子的身上，照在他们呼出的气息上。他们在朗读朱自清的《春》。

有的带着想象朗读，在文字里铺展春天的画面；有的洒进了感情，激动处，不免摇头晃脑。这些单声，在晨曦的光芒里汇合、酝酿、发酵，而后，变得浑厚而浩荡，它们跨过玻璃，跨过墙壁，跨过校门，传到对面的迎宾街上。有时，翅膀不能穿越的，声音能够。

听着这样的声音，站在讲台上的我面前是朱自清《春》里的样子：冰雪解冻，万物复苏，春草破土而出，野花向阳而开，春雨淅淅沥沥，春风轻轻柔柔，活动筋骨的老人，牛背上吹笛的牧童……再看满教室的学生，都是春天的样子。春天是一个需要撒播爱的季节，眼下是夏季，夏季是一个烦躁的季节，但如果心里有了春天，烦躁会平复很多。我想，这段时间，我是该把春天放进心里了。

此时的静心湖，在一片光里欢唱着，波纹的褶皱里漾着笑。

湖边的柳树垂下绿丝绦。湖的存在，让柳树找到了自己的影子，认识自己是自己！可是，人呢？人知道自己是谁吗？

几只鸟扇动着翅膀，从一棵树飞到另一棵树，从一朵花飞到另一朵花，从一棵草飞到另一棵草，或者，来来回回地飞，更或者干脆停栖在湖边的草坪上。但，不管飞还是停，都没忘记唱歌。歌声就是它们跟世界的交流。我们听到的都是快乐，其实，在它们来说，并不是。

我想，我记住了这个夏天，记住了这个夏天的早晨，因为在这个早晨我听到了歌声，我把它们装在了心里。

有了这歌声，这个夏天，以后的每个夏天，我都不会烦躁。

花瓣雨

风的翅膀掠过

一场有颜色的雨，浩荡

美飞起来了，然后飘落

落红铺满了地面，馨香和美成河

没有忧伤和悲鸣

————写给花瓣雨

花，作为大地的笑靥，无论是富贵袭人的牡丹，还是朴素无名的野花；无论是身处水中的夏荷，还是植于盆里的秋菊，都在努力绽放，企图把自己绽放成最美丽的一朵。文人墨客也罢，凡夫俗子也罢，有谁会拒绝绽放？有谁会拒绝美丽？所以就有了"百般红紫斗芳菲"的盛况，就有了国画《花开富贵》，就有了梵·高的《花园花开》，也就有了树下成千上万的赏花人。

人们喜欢的是绽放，可是，凋零也美，一种惨烈的美，一种决绝的美。

人们忽略它,是不忍。它们一朵一朵地凋零,一瓣一瓣地衰败,看着,不忍。但如果把它们看作是美的告别,看作是一场轰轰烈烈的奔赴,看作是一场花瓣雨,那绝对是别样的视觉盛宴。

一场凋零如果干巴巴,就接近枯萎和死亡。但明明是水灵灵地绽放,明明是花枝招展地盛开,来一股风,花朵就碎了,心事和秘密碎成了花瓣,飘飞于空中。成千上万,如蝴蝶般翩翩起舞,那是仙女们在空中大把地撒花,撒成了一场壮阔的花瓣雨。花瓣雨,是风一手制造的。一场只有色和香的雨注定跟花有关。

是一场梨花雨。那是在我有限的经历里见过的最大梨园,上边是湛蓝,下面是土黄,低矮的梨树摆开阵势,不管不顾地开了,光秃秃的枝条上开满了白的花,一朵挨着一朵,一瓣叠着一瓣,一直开下去,直开到有光的地方。一路都是白,白得晃眼,白得发亮。忽然,一股风来,花瓣飞起来,千瓣万瓣、纷纷扬扬,被风推着,向着我涌来。

漫天的白如鹅毛大雪般撒落,像千万只蝴蝶般翩然起舞,大集体舞的阵势,那是美和壮观的融合!我站于树下,花从四面八方将我围剿,将我围剿的还有一缕一缕的清香。那一瞬间,我感到了另类的美。凋零,也是能令人窒息的。

风过,花落。地面就覆盖了一层花瓣,它们密集着,铺成一张大的缎被。有着立体感的被面被风一吹,露出了大地的肌肤,前面的刚走,后面的就又撑上。大地的情态,在花瓣的遮遮挡挡中时隐时现,一副羞答答的样子。满地的洁白,脚不忍去踩,怕踩疼了花瓣,惊扰了美。

其实,我原先并不是要去看梨花雨的,而是要去看盛开的梨花,但美总是在不经意间出现。这种破碎后重组的美,同样给我惊艳。

在太谷居住时,春天一到,我就开始惦记农大的校园,惦记满院的樱花。暮春时节，农大院子里，大路小径、楼前院里，樱花随处可见。树木盘根错节，沧桑傲立；枝条错综庞杂，相互交映；花朵簇拥成球，美丽厚重。满树的花朵，在阳光下熠熠生辉；满地的花瓣，在地上织成粉红的衣裳。俯仰低颔之间，盈目都是粉色；呼吸吞咽之间，满鼻都是清香。就连脚下蜿蜒的小溪里，也缀满了花瓣，洒满了花香。

流水潺潺，花瓣灼灼。小溪边，一女生蹲下身子，撩起水花向着另外的几个泼去，水花顿时在空中炸开了花，其他女生跑着，洒一地咯咯的笑声。花瓣雨时不时地飘落在她们身上，她们的笑脸粉红，她们的年龄粉红。樱花美，樱花雨美，花下的少女美，有着花一样的年龄更美。这样的画面，谁会跟伤感和悲怜相连？

美碎了时，似乎一切都该归零，但，不是所有的碎都意味着忧伤。如果是碎了一地，碎成河，碎成一种气势，碎成一种壮阔，碎成一种性格呢？

曾在电视里看过杨贵妃沐浴的场面。海棠花造型的浴池里，撒着花瓣，星星点点，一池的水被玫瑰的红衬托得妖娆妩媚。池外，丰满高贵的贵妃站立着，轻轻褪去玫瑰红般的丝织斗篷，迈着莲花步，缓缓走入水中，花瓣从四周飘来，流动的花阵，将她的凝脂覆盖，分明就是一朵芙蓉，游弋于水中。乌发、香腮、明眸、花瓣，美得令人心颤。白居易将这种美收集在《长恨歌》里，让它开放，长久不败地开放。"温泉水滑洗凝脂""侍儿扶起娇无力"，单一个"凝脂"，一个"娇无力"，人的想象就会被拉到无限。在这场美艳的浴事里，花瓣这一道具真令人叫绝，如若少了它，那一定是败笔。

花瓣雨落在了杨贵妃的浴池里，红的衣裳、红的香腮、红的花瓣，那是视觉上的呼应；香的胭脂、香的体肤、香的花瓣，那是味道上的连接。这点缀，是锦上添花，少不得的，少不得。

前不久，我跟朋友去一家店铺。那是一个复式的二层小楼，装潢考究，格调高雅，角角落落里都有股女人味弥漫。尤其是电视墙，一面磨砂玻璃朦胧缥缈，红色的花瓣雨自顶上飘落而下，打着旋，跳着舞，娉婷袅娜、妖娆妩媚。让我觉得眼前在下一场纷纷扬扬的花瓣雨，而我，正被花瓣围住。

花瓣雨，我没有发现它们的悲伤，也不曾听到它们的叹息。我看到的是一种新陈代谢的自然规律，她们一路跟风说着话，笑着走向生命的终结。即使"零落成泥碾作尘"，但香如故，如故。香在，魂就在；魂在，生命就着。

"落花"是"伤感"的另一种叫法，它的意思更接近"枯萎"、"凋零"，更接近生命的尽头。黛玉把锄葬花，孤寂凄凉，冷冷的文字里呜咽成悲凉的曲调。李商隐面对落花，触发了他的忧思羁愁，写下了"肠断未忍扫，眼穿仍欲归。芳心向春尽，所得是沾衣。"这样伤感的诗句。至于"无可奈何花落去，似曾相识燕归来"，则是晏殊对流光易逝、青春不再的悲悯了。

美丽也罢，伤感也罢，全在于心情。而我只愿花瓣雨是美，而不是别的什么。

在花瓣雨飘零时，我要去看，看一场凄美的凋零。

春来就该去看花

天蓝。阳满。风柔。去看花,最好!

是该去看花了,清明过了,又赶上周末。天在用蓝,阳在用满叫我:去看花。风的手拽着我的衣襟,牵着我,不由分说地催我:走!

那就走吧,一定要走,去晋商公园,看花,上午的花。

公园里已经是春天了,春天的样子。花开了,几乎都开了,如火如荼地开了,桃花、迎春、连翘,就连那匍匐着的蒲公英也开了,铆足了劲地开,比赛似的开。

唯海棠没开。那就先看海棠。它内敛着,把自己蜷缩成小球。红色的小球,红嘟嘟,圆滚滚,一个一个地排列着。光秃秃的枝干被它们一缀,也生动着,明媚着。我疑惑:是春光不够暖,还是它过于羞涩?也许,它还沉醉在它的清梦里吧?但,它们经不住春的召唤,不久,就会开,开成一片。

这骨朵,让我想到了不久前买的干枝梅,干枝梅,也像这,一朵一朵地点缀在枝上。但又不像,眼前的,有水色,有生命。商店里买的是商品,没生命。

高的离太阳近，可远不如矮的，灌木的海棠倒是抢先一步，开了。红红的朵，像姑娘涂过口红的唇；薄薄的瓣，似姑娘舞动飘举的裙。绿叶、红花、黄蕊、灰枝，都在努力地开，拼命地长。一株灌木最美的时光。

　　这红，艳，像腮红，容易让人想起红尘中的女子，涂了红红的胭脂，穿了艳艳的衣裙，在等。

　　高的叫西府海棠，矮的叫贴根海棠。难怪，一个含蓄，一个直接。这名字起的，一点都不严密，身份都给暴露了。

　　看桃花。桃花最艳，最抢人的眼，灼灼的亮，夭夭的媚，挂满了枝，开满了树，也惊艳了眼。我最爱的是看它们一树地开，一朵挨着一朵，一瓣压着一瓣，不管不顾地开，肆意妄为地开，直开到有光的地方。也不要看见枝，更不要叶，有了叶，花就败了，就凋零了，这，伤感。

　　一树的花，一树的笑，一声，两声，声声带着粉香。这香把一只只蜜蜂叫来了，嗡嗡嗡，围着它们转。这些花呢，咯咯咯，看着它们笑。笑得灿烂，笑得任性，笑得酣畅淋漓，笑得东摇西摆，一点也不遮拦，这才是桃花。笑不露齿是大家闺秀，桃花是村姑，属于乡野，属于自然，老百姓喜欢，所以好多人都叫桃花，这名字，俗，可，亲切，像邻家妹子，扎着麻花辫，睁着小河水一样清亮的眼睛，看你。

　　这桃花，让我容易想到晴雯；这笑，也容易让我想到晴雯。黛玉是梨花，纯洁；宝钗是玉兰，大气。唯晴雯是桃花，有哗啦啦撕扇的野劲。

　　粉红的，淡，开始凋零；玫红的，艳，正在绽放。这树还没谢，那树就已开，一树接着一树，一朵撑着一朵，不间断。春天是不寂寞的，一点都不。

我走着，太阳也走着；我停住了，太阳也停住了。停住了的太阳是金色的，金黄金黄的，我从没见过太阳停在连翘、迎春上的样子。第一次，看到太阳破碎，碎成了金子，变成了花，一朵一朵地挂在枝条上，枝条细弱，有点撑不住，我担心。

如果不看旁边竖着的牌子，会把这两种花错误地认为是一种——迎春。它们太像了。须走近，再近，才能分辨。大自然故意拿了连翘和迎春来考验我们的，故意的。

它们都有黄色的花，小朵，喇叭状。都瘦。在阳光下都闪。连枝条都那般地像，细长，瘦弱，柳枝样。个头也一样，比树矮，比灌木高。

但，又不同。花瓣，小而多的是迎春；枝条，棕色圆状的是连翘。迎春谦卑，枝条低垂；连翘张扬，枝条舒展。迎春，迎春，最先迎接春天，它走在前面，连翘跟在后面。它们都是先开花，后长叶。有叶的，或叶多的，是迎春。花饱满的，水色多的，是连翘。

于我，它们叫什么不重要，重要的是它们都美，都富贵。我对美一向是不拒绝的，对富贵也一向不排斥。

蒲公英是容易被忽略的花，是低垂着的，匍匐着的。如果，我不经过那块草地，就错过了，多亏，没有。

在一片绿中，它随时都有被淹没的可能，它小，太小了，在绿莹莹的草中，它是点缀，闪闪烁烁，星星点点，似有似无。绿浩荡，似天空；它娇小，像星星。随时，都有被吞没的可能。

看它，想真切，须蹲下。即使是你蹲着，也会高出它一大截。它呢，并不恼。举着一把金黄色的小伞，一脸的阳光，一脸的笑容。不收拢，就举着，向阳，向阳。这姿态，像向日葵，可，不是，向日葵被梵·高抬高，端上了桌面，它却远没这幸运，匍匐着，贴近地面。只管开。这精神，令我动容。

很多人，抢着合影，跟桃花，跟迎春，跟连翘，也跟没开的西府海棠。唯独没人跟它。看不出它的忧伤，这是一种宠辱不惊的花，有自己的风骨。我急忙拿出手机，咔嚓一声，记录下它的乐观。我把它装进手机，就是带着它了，有它在，我的一些暗淡下去的日子会被照亮。我想，会的。

晋商公园有湖。湖水清，清如蓝天；湖水亮，亮似镜子。有了这面大镜子，这些围在它周围的花，一朵就变成了两朵，一枝就变成了两枝，一树就变成了两树。站着的、倒着的，被阳光煨着的、被水浸着的。层次多了，景致就跟着上来了。如果，站在远处，那绝对是一幅水墨画，大师级别的。

阳光在走，日子在走，晋商公园里，花事也会一场接着一场。我想，只要你带上眼睛，带上一颗看花的心，每一次去，都会有花，即使是花都凋零了。

心中有花，眼里就能开出花来。

有花的季节，我要去，没花的季节，我也要去。一年四季，都去，去看花。

老歌

我不会唱歌,天生五音不全,但我喜欢听歌。

一个人的时候,时常会有一种想听老歌的冲动。

黄昏适合听歌。昏沉的光线照下来,泡一杯茉莉花茶,放一首经典老歌,心情如这黄昏的光线一样慵懒。老歌老旧,如一抹夕阳,在缓缓的沉落里让我想到了流逝的过往,而这些过往都跟老歌有关,跟老歌有关的都久远亲切。

老歌用它的老旧铺设一种气场,一种霉塌塌的腐旧的气息氤氲着,从四周铺天盖地地将我围住,即使是沦陷,我也愿意。因为,它们像老友,像阳光,密集在我人生的某一些阶段,并且,它们会飘扬,一直飘扬下去,在某一个黄昏或者黑夜,不断地漫溢。

老歌是桥,光阴是水,它们是分割不开的。有麻丝般的关系,它们盛行得沸沸扬扬时纠缠,被取代冷落后也纠缠。这样的纠缠,带着一些亲切和不容置否的强硬,把我人生中青涩而蓬勃的一些时光,生生地牵扯出来。

青葱岁月，总认为时间很富余，富余到一抓一大把，富余到可以随意支配。师范校园里的那段时光很年轻：一些长满青草红花的日子，一些铺满阳光的日子，一些有歌声陪伴的日子。

　　那时听歌几乎不加选择，什么流行听什么，温婉如水、激情似火、清纯赛雪、缠绵如诉的都听，励志的、忧伤的，都会悉数收纳于耳。这大概跟年龄有关，跟心态有关，一颗年轻的心有什么不敢装？又有什么装不下呢？

　　那时，并没有什么数码的东西，一个很小的体积便可容纳许多。歌曲得借助一个录音机、一盘磁带的联合才能完成。下午活动时间，教室里，除了埋头练字的专注，就是萦绕在耳旁的歌声，昏黄的阳光从玻璃里射进来，被歌声撞碎，碎得整个空间都是。歌声、光线、青春，那些泛着光泽的日子，想想都醉。

　　当然，有时这样的"醉"，是伴着提心吊胆的，是要付出代价的。晚上下自习后，八个姐妹本该洗洗睡了，但禁不住费翔《冬天里的一把火》的燃烧，不由跟着节奏又跳又唱。一姐妹把书本一卷当话筒，扭动着腰肢，一副熊熊大火烧来却又无比享受的样子，其他人不免也激情四射，疯唱疯跳。一个人"疯"了的时候是什么都可以不顾的，纪律也就抛到九霄云外。直到楼管老师笃笃的敲门声响起时才戛然而止。而这样的肆无忌惮，是要付出代价的：宿舍的分数扣掉不说，还挨了老班的一顿训斥。青葱的岁月，谁没有撞墙的时候？

　　我喜欢费翔的《读你》。费翔，往舞台上一站，气质里都带着唱歌的因子。浪漫的诗篇，磁性的声音，是带着致命的诱惑的，它能很快地在我的心中树立起山峰般的高度，这种高度，会让我不断地仰望，认为那是一种标本式的完美，完美到崩溃！

　　我喜欢这首歌，可能跟我自己有关，一个沉静在爱河里的少女，是需要这些玫瑰色的点缀和抚慰的，而它的芬芳是带着有声的甜蜜向着我靠近的。初恋是美好的，是清澈的，是单纯的，爱就是爱了，不爱就是不爱，旗帜鲜明，一切随了心去。

后来，听蔡琴的《读你》时，突然觉得沧桑忧郁，有一种隔世的久远，而这种久远似乎又跟我有关。当时，我特别想哭，我不是为她，而是为那些不能再来的光阴。

我们宿舍有个叫凤的女孩，长得很克制，清纯如梨花。但一曲《黄土高坡》却唱得相当辽阔，如黄土高原上的大风般苍劲粗犷，一股股原始的野性在校园呼呼地刮起，有一段时间，整个校园被这首歌唱得波浪壮阔，热气沸腾。一个属于《黄土高坡》的女孩，一个属于《黄土高坡》的时代。歌声让我们重新认识了这个叫凤的同学，一个很文艺的女孩。

可惜时隔多年后，这种文艺没了。在一次同学聚会上，歌厅闪烁的灯光忽明忽灭，不惑之年的凤被众人推到屏幕前，凤显得有些羞涩，有些难为情，跟她当年的落落大方大相径庭，《黄土高坡》也"高"不起来了，声音有些沙，像磁带被绞住的样子，那一刻，我的某根肠子仿佛拧了一下：是呀，那些曾经的歌老了，我们也不再年轻。

不再年轻的时候，去听这些老歌，是别有一番滋味的。那节奏，那歌词，如突然间遇到的老友，惊喜，亲切。搬把椅子，面对面，促膝长谈，曾经的画面，流逝的细节瞬间活了。如饮一壶陈年老酒，只轻抿一口，就醉了。

某一日，听《魂断蓝桥》主题歌，这歌声是带着致命的诱惑的，文艺的气息，荡气回肠的爱情，还有那弥漫在音调中的忧伤都会击中我，流泪，流泪，它就是催泪的武器，文学就是有这样的魔力。有情人总归成不了眷属，玛拉在蓝桥上，结束了自己的生命，等待罗伊的是散落在地的一只象牙吉祥符，还有无尽的忧伤。人去曲终，故事却经典着。某些时候，歌曲所铺设的画面，加进了想象，比画面更画面。

听《衷心感谢你》，仿佛就看到了山口百惠露着两颗小虎牙款款走来，清纯如出水芙蓉，甜美似一树的梨花，日本女子的温柔谦恭、楚楚动人，都在这老歌的韵律中，扑闪扑闪地亮着呢！耳边就想起徐志摩的诗句：

> 最是那一低头的温柔，
> 像一朵水莲花不胜凉风的娇羞，
> 道一声珍重，道一声珍重，
> 那一声珍重里有蜜甜的忧愁——
> 沙扬娜拉！

那些老歌，我年轻的时候听，现在还听，我想，老了的时候还在听，直到听不到为止。

把日子过成花

晨起，拉开窗帘，站在阳台上，就一小会儿，一小会儿就足够，看晨曦弥漫的小城，看街上三三两两的行人，看树枝上的鸟儿抖动翅膀，也看阳台上的花草舒展枝叶。推开窗户，吸一口空气，新鲜如淡淡的花香，新的一天就从这丝丝缕缕的花香开始。

上班要步行，须步行。让一切慢下来，慢下来。当一段熟悉的路被时间拉长，一路上的风景也就会被放大。天空还蒙着一层纱，柳树微微有了春色。奇怪，原先那条邋里邋遢的小巷，突然就成了一幅画，充满烟火味的画，透着俗世里的好。那里，时时会刮来温暖：卖包子的小两口，你递我拿，配合默契。一辆自行车上，母亲载着女孩，女孩在为母亲唱儿歌，歌声童稚，清脆，撞在了母亲的衣服上，溅起了满满的快乐。是步行，让我有了富余的时间，能窥探小巷里的秘密，这种贴近，让我欢喜。其实，小巷也没那么不好。

工作累了，就休息一下，到植物园看看，看花开，看草长，坐在季节的椅子上，听生命的律动，嗅花草的香味。一园子的花，有开得艳的，有开得淡的，有开得早的，有开得迟的。我刚刚还为一节课都背不会一首诗的学生生气呢，突然之间就明白了，所有的花都会开放，迟早的问题，我需要的是耐心和等待。

或者到静心湖的凉亭里坐一坐，幽深的湖水，荡着一圈圈的涟漪，像笑容，像花朵。一个人，如果面对花朵，面对笑容，愁苦会被赶跑，劳累也会被缓解。

或者就站在窗前，看看那生龙活虎的操场，看看那些青春的张扬，心也不由会年轻许多。或者静下心，想一段心事，想一些暖，想一些花开，想一些草绿。或者什么也不想，什么也不看，只发呆。更或者跟同事聊聊天，聊聊学生，聊聊家常，聊聊衣饰，聊聊厨艺。无论什么，都是工作的调节，都是压力的舒缓。

没有谁的工作总是顺风顺水，也没有谁的工作不结疙瘩，关键是我们要学会梳理，学会爱。当把叽叽喳喳看作是歌声时，我的耳边就是流淌的音乐；当把学生的懵懂看作是理所当然的稚嫩时，我的眼前出现的就是满树青涩的果子，就想，他们需要阳光雨露，需要时间。

闲暇时，就读读书，书是一定要读的。读一些经典，读一些美文，读一些茶艺，读一些美饰。沏一杯茉莉花茶，坐下，静静地去读，跟着文字笑，陪着故事哭。也掩上书来静静地思、痴痴地想。一些忧伤，一些不快，都被这些文字分解。书，实在是一剂疗伤的良药。

岁月是会让女人失去水色，但读书能让红颜永驻，它是胭脂。岁月是会让身材萎缩，但文字能让人飞翔，它是翅膀。一个女人，如果有摧残不败的颜值，有能飞翔的翅膀，就是花，就是鸟。再寒冷的日子也能过成春天，再凄苦的生活也能开出花朵。

一个星期是一定要抽时间收拾家的，一定要的。把桌子擦干净，

第三辑 把日子过成花

让地照见人,别忘记了给花浇水,给鱼喂食,也别忘记了买几枝鲜花插进花瓶,要鲜花,鲜是新,是生命;花,是美,是笑容。屋子里有了生命,有了笑容,就不冷,就暖。

屋子是女人的脸,得女人打理,得女人爱。屋子也是女人的港湾,屋子里干净,女人就睡在了干净上;屋子里有香,女人就睡在了香里。屋子里的物件,都是最初的喜欢,都是另一群居民,都是老友,都是知己。它们都服务于我,面对生活,我还能生发出不满吗?

做饭,一定不要怕麻烦,不会可以慢慢来。就做几个菜,几个就行。但餐具一定要精致,有时餐具比餐更重要。来杯酒,红酒最好,先生就坐在我的对面,我看着他吃,我也吃,看着他笑,我也笑,然后,是喝,一定要小口喝,喝成优雅,喝出红酒的气质。虽然,不能把每天过成红酒,但,一定要有,偶尔,偶尔就够。

女人是要匀一些时间给自己的。邀闺蜜逛逛街,时髦什么,流行什么,心里一定要清楚。换季了,要添衣,衣服不需要件件名牌,但一定得有几件能穿出气质的。也不能少,衣服过少就寒碜,女人亏了自己,就是负了花,谁说的,女人如花?钱没了,可以赚,当有一天身体连衣服都撑不住了,再好的衣服也都只是布料了。这多遗憾!

隔一段时间一定要美美容,做做护理,揉揉肩。该工作时,我们努力;该享受时,我们放松。如果钱是用来储存的,生不带来,死不带去,到头来,于自己是一堆纸。给父母留一些,给孩子留一些,剩下的,给自己。钱是为人服务的。

偶尔看场电影,点缀一下生活也没有什么不好。老待在电视跟前,老长在微信里,多不好。或者就去散散步,慢慢走,静静看,看夕阳低垂，看暮云合璧，也看黄昏爱的表达，也看生活细节的再现。让时间慢下来，让脚步慢下来，就慢，慢好。

一个人，如果心里有天堂的模样，你就能看到天堂；如果把生活看成是阳光，身上就洒满光亮；如果把日子看成花，就能嗅到芬芳。

太阳升起，又落下，我们的一天又过了。我们要把日子过成花，过成花。这样，不遗憾。

第四辑
Chapter·04

棉麻情结

红

春节期间，看到最多的颜色便是红。

对联、窗花、灯笼、鞭炮、红彤彤、热烈烈，就连刚出笼的馒头上也不忘点上一点红。厅堂院落、大街小巷，哪里都短不得红。一家人，围在一起，红红火火，而后，开始走亲串户、联络感情。那是不同于平时的又一种忙碌。红，像一场盛大的演出，渲染了春节的仪式感。

冷飕飕的天气，经红点燃，暖了；灰扑扑的生活，经红装扮，亮了。

红，是一个动词。动着好！过节嘛，就该有点过节的样子，拘谨惯了的日子，是该张扬一下，用红涂上色彩，用鞭炮吹响号角，新旧交替、季节更迭，是旧年的总结，也是来年的展望。

过年，有红好！

红，在中国是喜庆的另一种叫法。这个词，虽俗，却透着尘世里的欢喜、烟火里的好，也弥漫着民风民俗的香气。

有喜的地方，都有红。

结婚，那一定是要有红的。

新娘要穿婚纱，婚纱要么白，要么红，即使婚礼上选择白纱，敬酒时也不忘换一套红旗袍，新郎也要有红，西装不成，那就领带，至于红花，是万万不可忽略不戴的。这，是约定成俗的规矩。喜联一定要贴，红地毯一定要铺，红灯笼一定要挂，鞭炮一定要放。再看看新娘的陪嫁：红包裹、红皮箱、红脸盆，每个上面都贴着红双喜字。在这种场合下，红，很重要的一个元素，一切的颜色都要败给它。红，就红，没的选。

在过去，还要有红烛。洞房花烛夜，红窗、红被、绣花鞋、红盖头，新娘羞红的脸，一对摇曳的红烛，一个幸福的开始，一个美好的憧憬。崔莺莺与张生的洞房之夜有红烛，白素贞与许仙的洞房之夜也有红烛，乡夫俗子的洞房也少不得红烛。

"何当共剪西窗烛，却话巴山夜雨时。"久居异地的李商隐，想象与妻他日重逢，秉烛夜谈，那烛也一定是红烛了，那烛光也一定映红了一颗相思的心。

相思豆，也是红的。那一定是望穿双眼的守望、翘首期盼的姿势、辗转反侧的不眠，还有茶饭不思、衣带渐宽的自虐，交织、缠绵、繁复而成的一颗豆，热烈烈的心、滚烫烫的情，红着、艳着。

曾见过这样的场面：儿孙绕膝、亲朋满座，一对耄耋老人，满头银发、着大红寿衣，脸上的褶子里，有关不住的幸福向外流。背后，是大红纸上一个烫金的寿字。一对老人，像开在幸福海洋里的两朵花，艳艳的。本来，花已蔫儿，水已失，但沧桑的年龄经红的漂、幸福的染，又现出了花的艳、水的满。

就想，如果这寿宴上少了红，就如衣裳少了饰品，新娘忘了化妆，那一定是败笔或残缺。

女人就更离不开红了。一生都离不开。出生时穿贴身红肚兜，蹒跚学步时开始扎红头绳，深闺之中，绣香包、做女红，不安分的心在扑腾扑腾地跳，那颗心也如红般热烈吧。杨白劳在穷得锅都揭不开时，还不忘给喜儿扯上二尺红头绳。以前看杨白劳给喜儿扎红头绳的镜头，心总会被洇湿一片。想来，那也是当爹的爱女之举，微不足道，却尽其所能。

曹雪芹的小说叫《红楼梦》，《石头记》硬冷冷地叫不出情来，唯《红楼梦》一叫，大观园里的香粉脂气就会扑面而来，那些文字瞬间都就软了起来，千转百回、蚀骨销魂。就连宝玉的住所也叫怡红院，想毕，曹雪芹也是爱红的，也希望自己身在千娇百媚中、活在胭脂香粉里吧。大概是这样的，也必定是这样的。这也没什么见不得人的，胭脂红，最讨俏，可观可嗅，任哪个男子不乐意？

"红酥手，黄縢酒。满城春色宫墙柳。"陆游与前妻于沈园相遇，妻备酒以抚慰，妻已是他人之妻，那"红酥手"也不再姓陆。琴瑟相离、东风无力、残花满地，看着她"人空瘦，泪痕红邑鲛绡透"，他却已无力，无力。短短一首词，却用了两个"红"字，想那陆游也一定是喜欢"红"这种颜色吧，那些红灼灼的往事，如今都黯然失色了，都凉了。

红，在文学长河里，已经被借代成为女子，或者也是女子的另一个名字。

好多家长让红开在自家孩子的名字里，而这个孩子必定是女孩。男孩如果用了"红"字，便带了胭脂味、女人气，这显然有背家长的意愿。我的小名叫"红儿"，以前，总觉得过于俗，也太土。我也曾问过父母，为何要取"红"，父母说，觉得叫着好便叫了。可见，在父母心里，哪个字都比不上红字好听顺口。经父母亲人一叫，我还真觉哪个字都没这个字亲切。如果，哪一天，没人再叫我的小名，那一定是一种悲凉，连时间也都凉了。

红，在自然界更是任性。一年四季中，哪个季节能少了它？春天，莺歌燕舞、春意盎然之际，红开在树枝，缀在草丛。春天结束的时候，是红最美的年华，璀璨、耀眼、热烈、奔放，像脱缰的野马、乱跑的风，收都收不住。满山的枫叶，散发着一种熟透了的味道，红进入了沧桑而沉淀的年龄。冬天，白雪皑皑中，凌寒独自舞的梅，红着、艳着，那是立在冰天雪地里的一种精神、一种风骨。你还能说红只是一种颜色吗？

红，在中国落地、生根、发芽，长出枝丫，开满叶片，永远都是一副夏天的样子。在国人心里，它已是文化图腾、精神皈依。

那么多颜色，唯"红"入我名字，当爱，没有理由不爱。

棉麻情结

棉麻，总像是从时光深处走来的女子，素淡、雅致，带着不媚不俗的气质，还有地之脉息，自然之纹理。那是低敛中的风韵，低调里的奢华。

在我看来，棉麻衣物是书香女子，底蕴和气质是最好的胭脂。

别的制品，跟着潮流，咋咋呼呼，雷声一样地来，风一样地去。而棉麻对潮流从来不咸不淡，任你沸沸扬扬、天翻地覆，关我啥事，总是一副风平浪静、不动神色的模样。

有性格的东西，是常春藤，是冬青丛。

棉麻的衣物，天生带着一种亲和，骨子里有一种温婉，穿在身上，舒适吸汗、亲肤贴心。也打折，也缩水，也掉色，但即使旧了、皱了，也还近自然、接地气。这种不靠伪装取悦、不傍颜料增色的骨气，我喜欢。

我喜欢的女子也喜欢棉麻衣裙。

雪小禅穿棉麻袍子好看。至脚腕的长袍，加上中式立领，再缀上几颗盘扣，简约干净、内敛大气，带着民国的气息和古书的惆怅，带着文艺的气场和骨子里的浪漫，还有淡淡的禅意。

看过她穿棉麻的好多照片。最喜那张，她穿了一件麻质长袍：灰蓝、盘口、斜襟，一枚树叶形的造型，就那么随意地落在胸前。一头乌发、一个侧脸，一副陶醉了的样子，要把眼看直了，看直了。偏偏她又涂着血一样的口红，罂粟一样地招摇。古意里的妖娆更迷人，骨子里的风情更能打动人。

她说她要从心里开出一朵花来，还要把她别在旗袍上，让自己永远追风，像一个少年。

沉稳里的动荡，内敛中的招摇。把这些矛盾演绎到极致的，雪小禅便是其中一个。一个爱棉麻的女子，一个穿长袍的女子，即使是招摇，也不会招摇到低俗，招摇到轻浮。

林徽因穿棉麻，能穿出民国风范、书香气息。上身对襟靛青小袄，下身过膝棉质黑裙，白棉袜，黑布鞋，齐眉刘海儿，娃娃头，双臂交叉于胸前，手里捧一本书，就那么袅袅娜娜地行走在大学校园的林荫道上。纯洁如荷、气丝似兰。

那一刻，我特别想回到北平校园，穿了棉麻对襟衣裙，抱了书，走在铺满樱花的树下，等一段爱情。而他，就迎面走来，也着棉麻长袍，也抱了一本书，冲我淡淡一笑，那暖像樱花，满空中飞扬；那古意像墨香，满书卷里飘洒。

文友诗心静美也穿棉麻，但只穿长袍。我觉得长袍最配她，蓝底黄花的、湛蓝的、橘红的，往她瘦而高的身上一穿，那棉的气韵、麻的气息、袍的飘逸，还有制衣者的用心，都被穿出来了。

一件件的长袍，硬是把诗心静美休闲宁静、看破一切的淡然，以及独特都穿出来了。

能穿出性格的衣服，必然是好衣服。

文友月牙穿长袍，能穿出江南味道、西湖风骨。颜色清丽的棉

就暂且让心靠岸吧
即使远方有广阔的水域
一双听惯生活的耳朵
也需要肩并肩的情话

花不在大小
有自己的格局和气质便好

沉溺于一本书里
就像沉浸于一场恋爱
在那里，能遇到更美的自己

花朵是大自然举出的灯盏
它们不仅仅是装扮
更多的时候是照亮

麻长袍，袖口领口的蕾丝花边，沉稳里的俏皮、宁静中的妖娆尽显，再配以民族风情的挂饰、手链，还有一头大波浪卷，一侧再落一款别致的头饰，月白风清，气息如兰。

她的样子让我想起了"乱在江南""尤谨"这些名词，它们是棉麻衣服的牌子。乱在江南，多好！让人立刻想到江南，想到江南的大街小巷，老老少少都着棉麻衣服，而自己就身在其中。一个"乱"字，多有烟火气、红尘味。

尤谨，像女子的名字。把中国女人矜持、娴熟的美德都叫出来了。而穿棉麻衣物的女子必是有几分静在，有几分淡在，也有几分雅在。

当然，棉麻衣服也需要配饰。这配饰要恰恰好。雪小禅，配不同款的玉镯、银镯、银镶玉大戒；诗心静美配头巾、配古意的项链；月牙配俏皮的头饰、风情的挂链。

其实，配什么都好，但最配的莫过于书卷气。气息有了，衣服就有了风骨，就有了魂。

要穿出书卷和古意，不易。

我不知道自己是否适合棉麻，但就是喜欢，没来由地喜欢，掏心掏肺地喜欢。

南宋词人徐照曾写诗云：与君初相识，便欲肺肠倾。我觉，说的就是我对棉麻的爱。

女人天生都爱逛商店，有买的要逛，没买的还逛。一个连商店都不爱逛的女子，穿衣总归是潦草了几分，气质总归也弱了许多。我天生爱逛商店，先生曾戏谑我，说我一进商店，眼睛立马就亮了起来。

眼睛当然会亮了，看到那些喜欢的衣物，无动于衷，才不正常呢。

清楚地记得，我所喜欢的那件兰底白花的棉布上衣，挂在一排衣服里，险些就要被错过。但就在我转身的刹那，它就像我一位失散多年的老友,蓦然回首间的惊喜,瞬间在心的枝杈上,桃花一样地开;在眼的花瓣上,香气一样地散。

回来配了一件麻质蓝色长裙、白色系带鞋。不止一个人对我说,你穿,果然能穿出那个时代的味道。

有次,在路上,我与一位女子擦肩而过,她走出好远,又叫住我,问我衣裙在哪里淘的?惊喜,在脸上纷纷开;迫不及待,在眼里唰唰飞。恨不能,恨不能立刻马上就去买。

我还喜欢那种印染的蓝色棉布,铺一块在古意的家具上,或者挂一块在充满书卷气的家里,那感觉一定是书卷上开了花朵,而那花朵不艳,却耐看,越看越有味,越看越觉好。

穿棉麻的女子,在某一个点上,总有相似之处。比如都爱读书、比如都喜欢写字,比如都喜欢古意的东西,比如都有闲适的静、雅致的情,还有骨子里的浪漫情调和一颗动荡不安的心。

我总能隔着屏幕闻到一致的气息,再远,也能闻到。棉麻的衣裙,像风,把那股气息,一缕缕地带过来。

爱棉麻。这爱,编成结,挂在书卷上,挂在古意里,挂在一颗宁静淡然的心上,也挂在生活的点滴里。

爱棉麻,一往而深。一往而深。

麻花辫

看了雪小禅的文字,看了美国画家怀斯的画,我突然就想写写麻花辫了,特想。

怀斯画了 14 年女人,说实在的,那些女人不美:没有巴掌大的小脸,没有嫩艳的皮肤,也缺少了女人的柔和媚。我是用了两个字概括:太硬!有男人相。但,我凝视久了,就看出些东西来:灰色的,孤寂的,更接近草和自然的气质。这气质遍布画面,网一样罩住了我。还有一种湿气,对!是湿气,来自地底下蕴藏了几十年的湿气。这湿气就像一杯陈年老窖,让人迷醉、沉溺、堕落。

怀斯画上的女人几乎都梳着麻花辫。站在花树下的女人梳着麻花辫,躺在床上的女人梳着麻花辫,侧脸目视前方的女人也梳着麻花辫。

怀斯的生活里一定有一位麻花辫女子,这女子一定是住进怀斯心里的,那麻花辫也一定是绳索一样地勒着他的心的!所以怀斯画她,画她的麻花辫,画就是怀斯抒情达意的语言。

隔着画面,隔着光阴,我感受到了那滚烫烫的爱,还有那热烈烈的情。

怀斯有着浓浓的恋麻花辫情结。

小芳也梳麻花辫,但小芳不是怀斯画下的女人,是邻家妹妹。"村里有个姑娘叫小芳,长得好看又善良,一双美丽的大眼睛,辫子粗又长。"李春波不加修饰的略带沙哑的嗓音,独特的腔调,唱《小芳》,恰恰好。土生土长的东西,加洋味儿,会不伦不类的。不是谁都能给清纯做底色的。

小芳,谁见过呢?可我们那个年代的男人谁又没见过呢?谁心里都住着一个小芳:清纯的大眼忽闪忽闪,齐眉的刘海儿黝黑黝黑,两根又粗又长的麻花辫垂向腰际,一件碎花小衫、一条粗布蓝裤、一双老粗布鞋。纯得像雪,清得似河,质朴得像一棵草,美丽得像一朵花。牵牛花,或者打碗碗花。不是牡丹,也不是兰花,它们不在一个频道上。

他们心中的小芳比我描述的恐怕要更水灵、更清纯,只有他们自己知道。

他们可不想把他们心中的小芳丢掉,可还是丢了。谁又能定格记忆?老片、老歌是通道,他们搭上这些列车,又看到了他们的小芳,那些清纯的气息还新鲜着,在记忆里一直茂盛着、肆意着,也清纯着,那两根麻花辫也一摇一摆地在动着。

老三的女人静秋,也梳麻花辫,两根,不粗,也不长,与肩齐。我看张艺谋拍的《山茶树之恋》,特别喜欢看静秋的特写镜头。要说,这静秋也不是多漂亮,小眉、小眼、瘦脸,也没有成熟的诱人味道,还带着一股营养不良的病态,弱不禁风的样子,还真有点像林黛玉,可就是有一种甜和暖,还有亲切感,在召唤,你不得不靠近,也不得不喜欢。

就想,如果静秋的麻花辫换成波浪卷,或者羊角辫,或者齐耳短发，会怎样？不行，都不行。都不如两根清秀的麻花辫。这张艺谋真会选，刻意之后的随意，是能把那种不雕琢、不修饰的接近本质的东西给表达出来的。

我很想有一条粗粗的麻花辫，然后，从一侧搭在胸前，不要太长，太长了就过土，要松松散散、潦潦草草，似梳非梳。故意的潦草会给人的是一种颓的感觉、散的感觉、休闲的感觉、慵懒的感觉。可，不行！颓是一种骨子里的东西，散也是血液里的一种提纯物，我不具备。

再说，我脸圆，脸圆的人也不适宜麻花辫。露出一个大饼脸，真是难看，一眼都不能看，不能看。

更要命的是我丢了清纯，靠麻花辫装出来的清纯，是假的。清纯是年龄的东西，也是骨子里的东西，我也不具备。

那就算了，也只能算了。

可我的童年、青春都梳麻花辫的。一根，两根，发梢扎皮筋的地方还时不时地插一朵两朵的小花——路边采的。有时也被姑姑给辫了满头的小辫子，一根一根，一堆一堆。

想起我的童年，我就不由得把目光投向我的学生，看她们的头，看她们的头发，可没有麻花辫，一个也没有，她们齐刷刷地都是短发，短发，大同小异的短发。我突然悲哀起来，将来她们会不会都大同小异？如果这样的话，她们的爸爸妈妈能辨认出来她们吗？

这样一想，我不禁一笑，其实，我的童年也富有，至少我有过麻花辫。

搁笔之时，我想到了怀斯，想到了怀斯那个梳着麻花辫的女人。

最是那回眸一笑

女人回眸一笑，媚眼一挑，皓齿微露，千种风情、万般羞，都在这一回眸、一笑里了。看似无意，却含情，只回眸，只笑，不说。千言万语都显多余，都抵不过这回眸一笑，它勾魂、杀人。

"最是那回眸一笑，万般风情绕眉梢。"

王之道当初写下这两句诗，肯定是看到了美人：香腮冰洁、云鬓浸漆、纤指若兰、凝眸似水，穿了霓裳、拈了花朵，倚着西楼，然后，优雅地扭头，回眸，甜甜一笑。再配上暖风、春光、向晚，美得没得说，倾人，倾城，也许也倾倒了王之道吧？

杨玉环那回眸一笑更厉害。百媚生，生百媚，一个女人只一个回眸，只浅浅一笑，就能生百媚。百媚该有多美？美得大概是无法用语言说得出了，这哪里是人间女子？分明就是一朵雍容华贵的牡丹，分明就是一朵含仙带媚的木兰。这美、这媚无可比拟，怎么写呢？那就来个对比吧。六宫粉黛美，但在杨玉环的回眸一笑里，都无色了，无色了。

回眸一笑，当然也挑人，若如是沉鱼落雁、闭月羞花，着了长裙，绾了发髻，莲花碎步轻起，翩然间回眸，那定然迷人。如若是东施，即使是穿再美的服装、擦再好的胭脂，也回眸不出媚的气质、笑不出美的态势。

回眸一笑不难，难的是要生媚。虽没杨玉环的百媚，但这媚如若少了，眉眸之间就没了生机，就缺了灵动。如果美太静了，静成潭，静成湖，猛一看，美！再看，看久了，就寡了，就淡了，就成死水了。

回眸一笑，有时还能萌生一段情，成就一桩婚姻。

她和他，一个天南，一个海北，本不认识，擦肩而过，看着就过了，她突然扭头，回眸，还浅浅笑；他正好也回头，就看到了，看到了，眼前一亮，接着就是心跳，后来魂没了，心也被带走了。这回眸一笑，动人心魄！所谓的一见钟情，大概很多是靠了这眉目来传情的吧？

眼睛这扇窗户一打开，心事就关不住了，哗啦啦地掉出来了，滚动着，就到了他的眼前了。这么美！像一朵含羞的花，娇艳欲滴，芬芳迷人。遇上了那个梦中的她，那怎么可能轻易放过？爱的火苗，就腾地烧起来，这回眸一笑，就是火柴，就是打火机。

多年后，她问他，是什么打动了他，隔山隔水地去找她。他只说了四个字：回眸一笑。她说，她就回了一下头，正好碰上他看她，笑一下，是礼貌。他说，她不知，她那回眸一笑，多迷人，迷死人！

那回眸一笑，也许起初是无意。爱情，很多时候是无意之中的事。太刻意，反而得不到。有时，仅一个回眸，就够，就够。

萌生一段爱情，成就一桩婚姻，有时就是无意间的回眸一笑。此时，这回眸一笑，让"红娘"失职，也省却了好多的过程。为等你的回眸一笑，我已足足等了五百年。五百年，换得了大千世界、千万人中的回眸一笑，想想，多不容易，让擦肩却没错过，让一切没成遗憾。

大千世界，芸芸众生，总有一个女子会对你，单对你回眸一笑，不管能不能长久地百媚生，但，至少遇见的那刻，在你眼里是生百媚了！一定是媚成最美的花了！

纤纤素手

一双手,洁白如藕、干净赛莲,指如柳叶、甲似鳞。垂着,是不惊不乍的美;伸开,是蝴蝶展翅的媚。这手,白、细还长,女子的柔媚、俏丽都在这双手上温婉着,这大概就是古人所说的"纤纤素手"吧。

一个女子,如若有了这样一双手,于容貌,于身段,那该是锦上添花了。

最初,遇到它,是在《古诗十九首》里:"娥娥红粉妆,纤纤出素手。"这手,是倡家女的。倡家女着了艳服,涂了红唇,容光姣姣、体态盈盈,倚窗当轩,纤纤素手扶了窗棂,引颈远眺:园久河畔草色青青、流水潺潺、绵延不绝、逶迤而去。她望啊望啊,从日出望到日落;她等啊等啊,等得花儿都谢了。可远行的荡子,像过眼烟云,去了,散了。夕阳下,只留下她幽怨而无奈的声声叹息,这声声叹息把她的孤单拉得好长好长。就想,这幅充满凉意的剪影里,一定有她伸了纤纤素手,拿了香帕去抹眼泪的细节。

红尘女子落入红尘,自然有着说不出的苦衷,邂逅了男子,以为遇到了爱，从此可以跃出火坑，不想，还不到秋天，希望就凋零了。我站在时代的这头，看倡家女的纤纤素手，心不觉湿了……

后来，给我的学生讲《迢迢牵牛星》，有位学生配了一张图，图片上：织布机前，织女端坐，伸着藕臂玉指，拿着白线梭子，梭子在空中停住，织女在望，望向天边：浅浅银河，这边是牛郎星，那边是织女星。她满脸忧伤、两眼忧郁，还挂着未干的泪珠。她思念牛郎了，思念总是千回百转、蚀骨销魂、肠断心碎。如若隔着千山万水也就罢了，明明望着，却不能走近，那才叫折磨人。无奈、幽怨、思念装满了衫，装满了心，也装满了空气，织女哪里还有心思织布啊？终日不成章，成不了章了。

李白写女子也写纤纤素手，陆游也写，好多诗人都写。就想，纤纤素手作为女子身体的一部分，虽不及容颜重要，却也不可等闲视之。有纤纤素手的女子，定有极高的颜值、婀娜的身姿，或妩媚的神，或端庄的态。一个矮矮胖胖、满脸麻麻点点的女子，也许会有素手，但决不能拿"纤纤"来形容的。

看舞蹈《千手观音》，我更震撼。那是好多的手，21双，手的林，手的墙，手的精神，手的筋骨。如花的女子，穿了闪金的服装，贴了闪金的花黄，纤纤素手上戴了长长的金甲，舞动、演绎，时而如金菊绽放，时而如烟花灼灼，他们是聋哑人，却用肢体语言表达，出神入化。那整齐划一的阵容、那龙腾虎跃的精神、那钢铁般的意志，都在那纤素手上了。

集体是自己的观音，自己是自己的观音。当身体的有些部位缺陷时，只要意志不缺陷，所有不缺陷的意志加起来就是整个世界。

记得在电视上看采访手模明星，才知，手模是一种职业，才知，长有一双纤纤玉手也能养家糊口、成名成家。可看完后，才知，不易。每一种职业在"不易"上都是平等的。

手模，天生得长有一双"春葱""柔荑"，皮肤得白皙、柔软如绸、细嫩似奶，手掌要薄而俏、玉指要细而长，太柔不行、太韧也不可，要恰恰好。最关键的是要后天的保养，不能日晒，不能风吹，要长用牛奶洗，要不停地护理、不断地保养。那位男手模，我记不得名字，只是记得，他的妻子摸一下他的手也有次数和时间的限制。他的手常年戴着手套，不见光。

总觉，他一生的事业就是呵护这一双纤纤素手。起初，为他的妻叫屈，后来，渐渐理解了，他为这个世界制造美，就如，我们的职业一样。这个世界越进步，容纳美的胃口就会越大。世界是永远不会拒绝美的。

上初中时，班里有个叫静的女生，鹅蛋脸、大眼、薄唇，婀娜的身、摇曳的态，尤其是那一双纤纤素手，白皙柔软，手指比别人的长了一截，又偏偏弹得一首好钢琴，让我们好生羡慕，一脸羡慕地夸她有一双弹钢琴的手。她呢？也不谦虚，眼里的骄傲满满地，向外流。

时隔 30 年，我们聚会，她已不是当初的那个她了，手也不是当初那双手了：缩水了，起皱了，还黑了，布着一层生活的色彩，涌上来的都是沧桑。她有个痴呆的儿子，又在乡下教书，生活自然是满天满地地苦了，哪里还有时间去呵护那双手呢？

纤纤素手变了，我知道，这不仅仅是时间的原因。

其实，在时间面前有什么没有变呢？好多东西都丢了，都被风带走了。不觉就看自己的手，看别的同学的手，经历过生活和风雨后，一切的手都一样，都一样了。

其实，纤纤素手也罢，丑陋粗糙的手也罢，只要能为他人创造快乐，为社会创造美，你就可以骄傲地说：我有一双纤纤素手。

手帕

手帕，这两个字是带着古意的，是一段古老的时光，是一些长满苔藓的旧事。是素淡的女子，却着了满脸的暮气；是清新的暖风，却带着久远的凉意。毕竟，当下，再难找到一方手帕了。

手帕，是古物，但不是古董。古董价高，手帕低廉。古董，人们把它当宝，渴望它增值，它越老越值钱。手帕则不，人们把它当时光一样抛弃，弃就弃了，没有谁会感到惋惜。

手帕，活在过去，只有过去才能安放它的生命。

过去，手帕是一位被宠溺的女子，只名字就一大堆：鲛绡、尺素、罗帕、手绢。绡、罗、绢，带着滑滑的质感，蓄着软软的温度，如女子的玉腕凝脂，似女子的一头秀发，难怪有人还叫它"香帕"。这一叫，女子的体香、胭脂味都从那些帕子上飘来，一股一股地，撩人。

过去，手帕是花枝招展的，生活里，女子用它擦汗遮羞，还传情达意；男子置它于袖筒之中，还用它束头。舞台上，常见哪家小姐胸前挂一手帕，颦笑时以帕遮口，一副妩媚娇羞女儿态；哪个小姐身边的丫鬟，手里都拿着一方帕子，小碎步一起，食指上顶着的帕子，小伞一样地转起来，转够了，猛地向上一顶，小伞离开手指腾空飞了起来，不偏不倚，就又落在食指上，引得台下一阵醉酒似的喝彩。小时候，我也常见它，在哪家的铁丝上小旗一样地招展，在哪个姑娘的马尾辫上蝴蝶一样地翩然。

古人太爱它了，古代的女子更爱它。

《孔雀东南飞》里的兰芝，被婆婆一纸休书逐回娘家，娘家人不理解，逼她再嫁，婚礼的前一天，兰芝身着素常衣服，脸上挂着泪痕，其母催促她梳妆更衣，便有了"阿女默无声，手巾掩口啼"这样的句子。兰芝拿着手帕，掩嘴啼哭，千般无奈，万种委屈，就连这方手帕也捂不住了，泪水决堤，肠断心碎。手帕，能擦掉泪水，可擦不掉封建礼教和偏见。在天不能比翼鸟，死后也要连理枝。只能这样了，只能这样了。

手帕，不仅仅是拭泪擦鼻之工具，更是传情达意之信物。

崔莺莺邂逅张生，只一眼，就爱上了，可，女儿家怎好开口，可不表达却又怕错过，情急之中，丢一方手帕于他，再来一个意味深长的眼神，这张生再榆木疙瘩也能开窍了，这哪里是手帕，分明是人家女儿的一颗心、一片情嘛！想想这样比赤裸裸地表达更好，浪漫风情，含蓄有意蕴，还不丢女儿家的矜持。就想，如若，她丢下去的是一块纸巾，即使是带了好闻的香味，着了美丽的花纹，涂了鲜艳的色彩，都没质感，没质感的。

宝玉挨打之后，派晴雯给黛玉送去两块帕子，且都是旧帕。晴雯不解，觉得凭黛玉的性格，送旧帕，黛玉会恼了。宝玉笑道："放心，她自然知道的。"相爱的人是心有灵犀的。黛玉见了帕子，神魂驰荡、心花怒放、研墨蘸笔，即刻在帕子上题诗三首。这旧帕代表了旧情旧意，念念不忘。"一方素帕寄心知，心知接来颠倒看，横也丝（思），竖也丝（思）。"宝玉此心，黛玉自然晓得，难怪见了帕子腮上通红、面若桃花啊！

后来，黛玉得知宝玉娶的是宝钗，知道情已终、爱成殇。所以，连喘带咳、泪流心碎地把帕子投入火盆里，烧，焚，一切都成灰、成烟了。爱没了，情不在了，心里只有疼，只有伤，只有妒，只有恨。命都没了，还要这劳什子帕子干吗？

手帕，还一直飘扬在我的童年里，像一面面彩色的旗。

七八十年代，哪个女孩没有几块手绢？小时候，鼻涕特多。男孩，扬起胳膊就往鼻子上抹，天长日久就明晃晃、黑乎乎地亮了两个袖口。女孩子一般不，那时，母亲在我胸前缝上一块手绢，鼻涕来时，好方便用，所以，也不曾记得自己有过明晃晃的袖子。

围成圈的小伙伴，嘴里唱着《丢手绢》的儿歌，跑着丢手绢的我，雀跃着的心，踏着儿歌的节奏，遵循着游戏的规则，在一次次胜利里欢呼，在一次次失败里遗憾。还有瓦蓝瓦蓝的天、炽热炽热的阳，满脸的汗水、满身的土，都茂盛着。母亲一阵阵吆喝吃饭的声音，也牵不回一颗雀跃的心。游戏，还有比游戏更能拴住一颗童心吗？累？累是什么？哪有小孩子喊累的？

冬天不能玩丢手绢了，多遗憾！可是，还有很多游戏呢！姑姑拿了手帕，三折两弄，平展展的手绢就有立体感了：老鼠竖着耳朵，翘起尾巴，在窥探；马埋着头，扬起前蹄，在吃草……

也常见，在煤油灯下，母亲洗了好多手绢，一溜地挂在屋子的铁丝上，它们投下很长很长的影子在墙上，盖住了那面墙，也盖住了我的童年……

再大一些的时候，我胸前就不挂手绢了，也不玩丢手绢的游戏

第四辑 棉麻情结 · 143 ·

了，也不缠着姑姑叠动物了。我大了，也知道美了，还用手绢，丝的、麻的、布的、的确良的，各种花色：素淡的、红艳的，动物图案的、植物画案的、也有纯色的。只是很少用它来拭鼻擦汗。还梳马尾辫，只是马尾辫上多了手绢，各式各样，交替着、变换着。走起路来，手绢在我头上跳来蹦去，像蝴蝶，像青春……

头上扎手绢的年代，于我是年轻的，可惜，年轻的也会变老，老得对手绢失去了兴趣。手绢也老了，老得找不到它的身影。现在，看到的，只有纸巾，被漂白粉漂过了的，干巴巴的，只有筋骨，没有了肉。随便一丢，一丢，是方便了，可也缺少了好多过程。有些过程是不能少的，不能少的。

古人去了，带着它们的手帕去了；我还在，可我再也没有一方手帕了。

女人如玉

衣服是必需，首饰是点缀。如若少了点缀，就寡，就淡，就没了锦上添花的效果。女人是需要装饰，也需要点亮的，若没，则暗淡，则无光。

钻石无价，高冷。但它属于小众。玉也是无价的，但也是大众的，富贾可佩、贫民可戴。

玉通透，不藏不掖，含蓄，但城府不深，即使是一点点棉、一点点絮、一点点瑕疵，也都清清楚楚示人，也都明明白白袒露，这性格，这直白，我喜欢。玉圆润、温和，冷而不寒，亮而不媚，这温婉，像女人。

女人都爱美，爱美的女人也多爱玉。

大观园里的女子爱玉。主子下人，小姐丫鬟，个个都戴玉，裙裾飘飘的腰间，垂下一条流苏，流苏上又缀一玉扣，这扣绿莹莹那么一点，整个衣服就生动了起来。头上绾一发髻，髻上插一玉簪。手里拿把香扇，扇柄吊一如意玉坠。莲花碎步一起，簪动，扣动，香腮红唇亮亮莹莹，婀娜细腰娉娉婷婷，是很抢镜头的，也很逼人眼的。

这么多女子聚在一起，这么多玉点缀其间，五颜六色的裙裾里，有了这玉，有了这石，不熠熠生辉才怪。你看那贾母，玉戒环于指，玉簪插于髻，玉镯戴于腕，玉坠垂于耳，就连那放在唇边的杯樽都是晶莹剔透的石，都是圆润温婉的玉。她那满脸的褶子都被玉衬得有了光泽，富贵一点一点地向外流、向外流。

《聊斋》中书生吴生偶入仙境，与紫衣仙女邂逅，一见钟情，情意绵绵，难舍难分。临别之时，紫衣姑娘毫不犹豫地将自己的玉镯脱下，送与他。玉镯与紫衣姑娘日夜相伴，有亲肤之情，有贴肤之谊，那有她的体温、她的气息，一个姑娘能把贴己之物相送，其情可见，其爱可鉴。想毕，吴生拿了这玉镯，即便离去，紫衣姑娘也如在眼前一般了。

玉，在某些场合、某些情节中早已不仅仅是玉了，它是信物，是定情物，那里一定凝聚了一份爱、一份割舍不断的感情。这爱，这感情，跟玉一样无价，无价的。

我曾见过这样一位女子，只是擦肩而过，记忆却分明深刻。女子40岁左右，蓝色碎花旗袍，中跟黑色皮鞋，头上绾了一个髻，不刻意，却精致，髻上缀了一朵花，素素淡淡，手腕上戴了一只翡翠玉镯，就那么打我身边走过，红红的唇，性感的臀，婀娜的腰，白白的胳膊，晶莹的玉镯，搭在一起很显风情，仿佛是从古画里走来，走成了一阕古韵，走成了一首唐诗。

玉的温润配了旗袍的风韵，实在是天造地设的绝配！

总觉，玉属于岁月，唯有历经时光打磨才能与之匹配，就如旗袍一样，太瘦了撑不起，太胖了又显山露水的，破坏了旗袍的风韵。玉是带着古味的，带着山之灵气，地之脉息，积淀着岁月的黏稠，密集着时光的脚印。时间越久，玉越润，越亮，也越独具灵韵。

我是喜欢玉的，也渴望有玉戴在身上，但无须多，一两件足够。

点缀，是不能多的，多了就不属于玉的性格了。我有一件玉镯，淡绿的底色上，飘了不少棉絮，但通透。当初在云南买它时，比来比去，犹犹豫豫，通透无絮的自然价高，这只，透是透了，但絮多，价格也合适。服务员看透了我的心思，就说，絮多不怕，玉养人，人养玉，这絮会少的，会的。她这话还真没假，戴了几年，絮确实少了一些。

同行旅游的一位大哥，40多岁，看别的女人买玉镯，也看柜台里的玉镯，看着看着，突然眼睛盯着柜台里的某一只不动了，那是一只紫色的玉镯，淡淡的紫，像丁香花，似紫罗兰，被灯光一衬，圆润剔透，光泽满满的，似水如油，在流，在动，里面飘着几丝絮，如淡淡的云，似有似无，这几丝，不多不少，恰恰好。它吸住了男人的眼光，服务员赶紧说，大哥，要不要来一只？男人看看标价，看看玉镯，又看看旁边买手镯的女人们，迟疑了一下，然后，狠狠地点了点头，说，就它了！跟他一起的同伴说，这么贵，不问问嫂子了？他急急说，你回去就说不贵，可别让她知道，要不，她会心疼死。

那一瞬间，我感动了，为男人善意的谎言，更为男人的真情。

当然，在古代，玉也是男人的必备之物。宝玉携玉而生自不必说，明之宋濂，是这样写同舍生的："腰白玉之环，左配刀，右备容臭。"宋之苏轼，把潺潺水声比作了"如鸣佩环"。可见，玉在当时之普遍。就是今之男人，爱玉之人也不在少数：脖子上来一吊坠，手里拿块玉石把玩者也比比皆是。

女人买玉给自己，是为了让自己更漂亮；男人买玉给女人，是为了让女人更漂亮。玉注定跟定了女人，女人也注定离不开玉。玉如女人，女人如玉。像！温婉、圆润、似水，如波，都像！尤其是骨子里的那种天性更像！

如果喜欢，如果可能，女人还是要有几件玉的，用它来搭，用它来缀，女人会亮起来的，会的。这亮，不扎眼，不媚俗。

人与酒

"壮士豪饮猛虎至,美人浅酌百媚生。"男人借酒壮胆,女人靠酒添媚。酒靠人酿,人借酒壮,生活因酒而妖娆、而妩媚、而香、而甜。

皇家大贾爱酒,品啧的是身份;乡野村夫爱酒,勾兑的是日月。酒在壮士的唇间升腾起的是豪气,酒在美人的脸上铺展的是妩媚。离人饮之缓思念,愁人饮之舒眉梢。李白举杯邀明月,苏轼把酒问青天,更有老翁欧阳修,把盏弄杯于山水中,遗留名篇于人世间。

酒,何以有如此之魅?何以有如此之惑?

观,清冽如泉,通透似玉;嗅,醇香扑鼻、浓烈像花;一口入肚,如烈火烧灼,似火焰漫溢。心里烧成一片,可眼却直勾勾盯着酒杯,唇齿也伸出欲望的星子,发出霸道的贪念,迫不及待,已经迫不及待了,端起酒杯,扬起脖子,"咕咚"一声,那是何等的痛快。此时,酒堪比罂粟,所有的美味都矮下去了;酒更堪比美人,饮者在石榴裙下唯跪着这一姿势了。

因魅而生瘾。瘾就是潜伏在酒杯里的海洛因。万物皆有度,一旦逾越，会丑态百出，会丧德失礼，会损身误事，可这能怨得了酒吗？实在是小瞧了酒的魅力，也实在是曲解了酿酒人的意思。

酒，喝好了，就是苦闷的出口、生活的调料，就是锦上之花、就是夜空之月。

烦琐日月、烟火生活，都腌制在这醇香的酒里了。

累了，倦了，邀三五好友，畅怀豪饮，漫天漫地地吹，天南地北地侃，解禁，都借了酒，即使言语不妥，即使旦旦许诺，皆有醉酒为挡箭牌，可耍无赖，可不认账，也不会遭来奚落。

厌了，烦了，选一情调酒吧，木质桌子，之上是两杯红酒，酒水微漾，烛影摇红，空气里暧昧、气息氤氲。端起酒杯，细斟慢酌、浅尝轻品，留香于唇齿间。眼与眼的对接、情与情的碰撞，在漾着的红酒面前，一句话都显多余。

闲暇之时，身放松，心卸下，三五小菜，一杯小酒，独酌浅饮，逍遥自在，似神如仙，好不惬意。

我们与酒一起走过，走着，不离不弃。我们品啧着，也放纵着，突然觉得日子里不能没有了酒。

与酒相伴，已成习惯。

水与谷物、技艺与火候、思维与实践，酿造了不同的酒，给味蕾带来了无尽奢华，给嗅觉带来了阵阵芳香。

白酒清冽，如凛冽寒泉、浓烈似火，适合畅怀豪饮；红酒甘甜，像霞照晨露、红艳如花，适合情调小酌；黄酒色润，如阳濡琥珀、迷离如幻，适合闲暇浅品。

男儿爱白酒，劲大，豪气；女人爱红酒，浪漫、小资；我唯爱黄酒，单琥珀色的光泽，深邃的积淀，就是闪烁着的荡漾着的诱惑。

人进中年，中医建议每日饮黄酒进补，我便遵医嘱，去年冬天买来一坛，日日浅酌，日积月累，竟养成习，感觉一日缺了黄酒，便如缺了什么，想想，竟也如洗脸刷牙般重要。

近日写征文，搜资料，闻玉祁双套黄酒出名，也被"双套"这个名字吸引，原来此酒黄酒代替醅水，不加生水，不加酒药，以酒酿酒，故称"双套"。还知，独特技法，人工酿制。又查价位，普通双套黄酒，还能承受，便蠢蠢欲动，生发买些尝尝的欲望。

"双套"黄酒买来，取一些，开水里烫过，倒一些入玻璃杯，须玻璃高杯，杯通透，色艳亮，荡漾着的琥珀般的黄晕，看着都不忍喝下。观酒的过程更是一场视觉的盛宴。

嗅，一股芳香沁人心脾，有地之醇厚，水之绵长。丝丝缕缕的热气里缠绕着香气，在眼前织成虚幻的梦境，这梦境会让你把烟尘忘却，把烦恼甩掉。

把嘴贴近酒杯，轻抿浅酌，口舌生津，甜瞬时自口入心，漫溻开来，禁不住发出"啧啧"的抒情。品着、喝着，琐碎的日月、烟火的日子，也不觉甜了起来，诗意了起来。

人与酒，总归是不离不弃，像夫妻、如情人，更像是知己。苦闷了，喝酒；高兴了，喝酒；酒成一种精神的寄托。婚丧娶嫁，喝酒；亲朋聚会，喝酒。酒成一种联系纽带。闲暇之时，独饮独酌，酒成生活的调剂。

酒有如此内涵，有如此作用，有如此文化。人该感谢酒，感谢酒的酿造者！是他们酿造、传承、改良，让酒越酿越精，更为我们的日子锦上添花！

第五辑
Chapter · 05

乘着火车去远方

乘着火车去远方

读三毛的《万水千山走遍》，头脑里出现一幅画面：一个长发女子，着长裙，拿一根细长的烟，烟雾一缕一缕，织成纱，罩住了她的面庞，她看上去美而略带忧伤，她就那么靠窗坐着，一句话也不说。

火车像一只老了的蜈蚣，在暮色里缓慢而悠闲地攀爬着，它的前面是远方。

"为了空中飞翔的小鸟，为了山涧清流的小溪，为了宽阔的草原，为了梦中的橄榄树，流浪……"暮色里飘着歌声，歌声也忧伤，也颓。

暮色。火车。一个文艺的女子。一种慵懒而颓了的气息。一个随心所欲流浪的灵魂。

这一切，让我迷恋，就像迷恋一张古画，就像迷恋一件珍藏了多年的旧衣。

那一刻，我突然就想，世界这么大，我该去走走。

去远方，乘火车。

远方，也许并不远，也许很遥远。因为未知，所以迷恋；因为没看过，所以渴望。其实，那里也无非是别人厌倦了的城市或者地方，但，那里总是一个诱饵，钓我的欲望，牵我的脚步。

乘火车，当然要乘火车了，它慢，慢好！有时太快，会让人有一种急惶惶的感觉，这感觉，眩晕。

我总觉火车带着古意，是一种上了年纪的东西，也是一部古书，古的东西，因为有了时间的积淀，而厚重，而踏实，而安全。

火车就像一位慢性子的老人，不急不躁、不温不火。它慢慢悠悠、摇摇晃晃地走着，每一次的喘息都那么的真切而原始。它后面跟着的是风、气流，还有向反方向走着的树、电线杆、高楼矮舍、原野庄稼。

如果是在向晚，我恰恰又坐在窗边，那感觉好。说不出来的好。

暧昧的夕阳斜斜地从窗口照进来，我坐在夕阳里，身上镀上了一层光晕，那光晕并不燥热，淡淡的、柔柔的，正应了我一颗休闲而慵懒的心。我呢？放松下来的身子酥酥的、懒懒的，就那么靠在窗棂上，不紧不慢地看着窗外。这情景会让我想到了三毛，想到了一头长发、拿一支烟的三毛……

窗外呢？田野高一块、低一块、绿一块、黄一块，像条彩色的大地毯。那些高高低低的树、那些远处依稀的屋舍，还有地里荷锄而归的农人，是锦上之花。淡淡的光晕，左一下，右一下，把它们调成一幅幅画卷，如电影镜头，从我的眼前一幕幕飘过。

大自然这位电影放映员，在为我放映，一点也不马虎。那些自然的、接地气的味道，会漫上火车，席卷我，也淹没我。此刻，我就想做一名观众，或者就做镜头里的一株庄稼、陌上的一朵花，也好。

如果是在黎明时分，我恰恰也还坐在那个位置，那感觉是不一样的。

车内，很静。只听到火车不紧不慢的喘息声、客人睡着了的呼噜声，还有时间悄悄跨过车厢走动的声音。车厢里的灯昏暗、似有非有；外面的光亮也昏暗、似有非有；外面也静，只有黎明吞噬黑暗的声音、万物睁着蒙眬睡眼的声音。

我坐在黑暗与黎明的交界处，看黎明迈了慢步，一点点向我靠近，而我也在被火车带着缓慢移动着。和黎明一起移动的感觉。那感觉，是别处没有的，没有的。

或者，就坐铺位上，看一张张陌生的面孔，听一句句不同的方言，不动神色地猜测每张脸背后的故事，那故事足以搭建一篇小说的框架。这样也好。火车就是社会的一个小窗口，风土人情、习俗画卷、地方味道，《清明上河图》上有的，它都有。

我喜欢选择上铺，晚上仰面躺在床铺上，左面或者右面、下面都躺着陌生人，空气里充满了陌生的气息，而上面隔着一层铁片，就一层，能够到风、自然还有黑夜，而火车带着我和我的呼吸在缓慢移动，那感觉陌生、神秘，但有流浪感。

让我特别难忘的是，一次和几个姐妹坐火车去甘肃旅游，在路经甘南一带，火车上的人几乎都挤到车窗看。七月，正是甘南油菜花肆意绽放的时候，黄色，从轨道前一直铺到山脚下、天边。金灿灿、黄澄澄，一块锦布上流动着阳光、流动着金子，也流动着富贵。我与这波澜壮阔的油菜花相遇，不经意间相遇，没有早一步，也没有晚一步。火车在走，油菜花在走，向着不同的方向。一幅幅流动的金黄色的画面从车窗闪过，惊喜和失落，我想，都一并留在了那辆火车上。

相遇，有时是天意，不能不承认。

我和他在火车上相遇，在同一个学校，却彼此陌生。可一次火车相遇，他就恰恰坐在我对面，没有早一步，也没有晚一步。恰恰他就看了我一眼，没有看她，也没有看她。我们就说了几句话，都是他在问，我在答。我几乎不记得细节，只记得火车的咔嚓咔嚓声，把那个人的心思拉得好响。

后来我们恋爱了。他所在的小城跟我实习的小镇距离也没多远，也就两个小时的车程。那时，却觉无比遥远。我所在的学校恰恰就与火车站隔着一片田野一条路，每每火车的鸣叫在我耳边响起，总觉那里会走出一个人，而偏偏我在想他的时候，他就奇迹般地站在了我的面前。那种惊喜，还有羞涩，还一直挂在记忆中火车的长鸣里。

最好的感觉是和他一起坐了火车，去远方。不为工作，不为生计，只是休闲。我们坐在餐车里，选临窗座位坐下，喝杯咖啡，或者淡茶，有一搭没一搭地闲扯着，然后，就彼此都不说话，只坐着，那感觉，好！真好！

他有时戏谑说，不坐飞机是怕花钱吧，我总是报以淡淡一笑，他也笑。其实，他懂，知道我喜欢火车。

我迷恋火车，迷恋它波澜不惊的气质、悠闲自在的神情以及满目的沧桑感，迷恋它踏实、安稳的气息。那气息，像姥姥慈祥的目光，透着黄昏的光晕，这光晕缠上来，绕在心上，心里流淌出来的都是丝丝暖意。

当火车的轰隆声从我所在的城市跨过烟火传入我耳朵时，我就想，我就在那辆火车上，梳长发，着长袍，临窗而坐，桌上是一杯刚刚冲好的咖啡，空气里氤氲着咖啡的味道。

我对他说，我要去远方……

锡崖沟

在夏日，总想找一处地方避暑。比如锡崖沟。

锡崖沟，掩藏在南太行的褶皱里，蹲在王莽岭的脚下。要去看它，不易。开车要穿过凶险的挂壁公路。公路挂在壁上，悬崖峭壁，车穿行在路上，狭窄逶迤。上面是洞壁，下面是绝崖。车如蛇，蜿蜒前行；人如仙，腾云驾雾。六月的山，郁郁葱葱、蓬蓬勃勃，我却不敢观赏，心提着，胆吊着。六月的阳光，被山挂住，进不来，车在挂壁公路上跑，荡不起热气；人，坐在车上，也不会冒出汗。

有锡崖人的骨骼支撑，有锡崖沟的精神立着，我总算站在了锡崖沟的眼前。时间，一下子回到了从前。

看到它的那一瞬，我想到了世外桃源。

锡崖沟的山高耸入云、地势险峻、壁立千仞、形如刀削。眺望，满眼葱绿，这些植物透着山里汉子的蛮劲，长在北方，却是南方的模样。也见花，路的两旁、人家的墙上，大朵的月季，红红的，艳艳的，像农家妹子的笑脸。

沿着路走。两旁是田，不规则，有层次。突然，看到前面有游客在地里采摘，走近，郁郁草丛里，有点点的红，似草莓，但比草莓小，一问才知，是野生的覆盆子。尝，并不好吃。但，这过程，很田园。

房屋，是石板房，像一件件农具，散放在这里、那里。也有新盖的二层小楼，石头砌墙，也素朴，接待着山外的游客。没能在锡崖沟村住一晚，很是遗憾。夜晚的锡崖沟一定会别有一番风味吧。

终于看见了沟，南北走向，垂直把山分开，谷底深邃，峭壁如屏，砂岩似朱，清泉从壁上飞流而下，似练如布，涛声如雷，烟雾迷蒙，寒气逼人。岩石上布着的青苔，苍绿，聚满了旧光阴。发源于王莽岭南麓的清水河，穿村而过，流水淙淙，溪水潺潺，响声清脆如佩环，颜色碧翠如绿茵，沿着沟势，向着远方逶迤而去……

也有桥，老旧，有些年头。倒是桥壁的爬山虎，密密麻麻，葱葱茏茏，一直攀缘到壁底。一座天然的绿墙。这座桥，被它们拉着，延缓了衰老的步子。站在桥上，看水里，就是两个锡崖沟。水里的像一幅田园风景画，多了一些意蕴，多了一些缥缈。

六月的天气，热。但在这里却不觉。不由抬头望，太阳也大，也红，也刺眼。但光线被山拦截了一些；热气，被绿稀释了一些；烦躁，也被溪水冲淡了一些。这一些，不多不少，恰恰好。云，大朵大朵，棉花似的，绵羊似的，纹理清晰可辨，就飘在我的头顶，仿佛伸手就能够到。风，凉丝丝，一股一股地往我身上吹。惬意！夏季的锡崖沟，给了我春天的感觉。

在一块石头上坐下。石头干净如洗，不用担心会弄脏衣裤。前面是高耸的山，满眼的绿，后面也是，左面右面都是。几乎垂直的峭壁，如屏，似嶂，把锡崖沟村紧紧抱在怀里。这个叫锡崖沟的小村庄婴儿一般，被安放在摇篮里，晒太阳，听鸟鸣。

鸟，我是先听到鸟叫，而后才看到鸟。鸟，三三两两，在空中飞翔，无拘无束，像这里的云朵一样任性，就连这叫声也清脆得很。没有了噪声的干扰，鸟的叫声听得分外真、分外清。我想，鸟过之处，晴朗的天空，留下的一定是大自然的诗行。

空气清、亮，还带着草的香、泥土的味、青苔上积淀下来的气息。这种混合起来的味道，从深不见底的沟里漫起，带着地之脉息，积淀了岁月的黏稠。又被山挡着，世俗进不来，喧嚣也进不来。原汁原味地好，透透彻彻地净。心里除了纯净，什么也没有了。

山，水，鸟，瀑布，还有葱郁的绿，既有北方的粗犷，也有江南的味道。难怪，这里被称作"异类"。据说，雨雾说起就起，山风说来就来，雾来时如潮涨，从深谷里升腾，漫上山脊，氤氲在村庄里。虽无缘亲见，但，想象一下，也似身在仙境，一定是别样的感觉了。别样。

天然的大氧吧，适合夏天来，来避暑。

沿着石板路走。两边是商铺小摊，商贩是村民，兜售的是地方特产：根雕、崖柏、串珠、手链、自制的辣酱、自酿的小酒……像路边的山花，不艳丽，却有味。我的眼被一个摊点吸引住，是几只竹篮，细篾白竹、小巧精致，有好看的花边，还有弯弯的柄。不由去摸、去挎，友拿起手机，咔嚓咔嚓，定格成瞬间。脚上的绣花鞋、身上的民族红，配了那些手工竹篮，还真有味道。卖篮子的是位大娘，白发、布衣，满脸都是褶子，叠进了锡崖沟的许多故事，蹲在那里，分明就是一部史书。

也见一些闲坐的村民，靠着一截老墙，用闲散的目光，看来来往往的游客，或者什么也不看，只闲着，坐着，晒太阳，消磨时光。时光在这里像老人，迈着小碎步，一步、一步地挪。

我也坐着，像村民一样。看太阳怎样一点点地给这条沟涂抹色彩，看这里的村民怎样过烟火日月，看时间怎样一寸寸地跨过山梁。

好久了，我都没有这样闲坐。饿了，花五元钱就可以买到一袋桃子，十几个，个大、汁多，还特甜。正宗的山桃。

坐着，看着，就不由得感叹着。锡崖沟人像鸟嘴里含着的草籽，落在这深沟里，四面高山险峻，复杂，里面的出不去，外面的也进不来，自给自足、自生自灭。可，渴望看一眼山外的心愿却一刻也没有停下来。30年，几代人，一锤锤、一斧斧，在峭壁、在悬崖，凿开一条神奇的天路。路通了，锡崖沟终于出了一口长长的气息，这气息吸引了很多的脚步来，来看它——这个藏在沟底、埋在深处的世外桃源。

那些陈年旧事已锈迹斑斑，如今的锡崖沟也换上了新颜。但，无论时间把它涂成什么，它骨子里永远是一件兰花对襟袄，素朴有韵；永远是一个粗瓷碗，透着老窑的光泽；也永远是一件古董，土扑扑，却很有味道。

风情鼓浪屿

我真正见识"风情"这个词，是在鼓浪屿。

我和先生，去鼓浪屿，两个人，刚刚好。

夜晚赶到鼓浪屿，太阳睡了，鼓浪屿还醒着。天上没有星星，水中有。灯光是鼓浪屿闪烁的眼睛。它是一位妩媚多姿的女子，正风情万种地游弋于水中，如一朵花，艳艳的，闪着光。人们都说，鼓浪屿是厦门的一颗明珠，的确，站在轮船的甲板上，远望，这颗明珠正发着璀璨的光，在黑夜里，向你眨眼。

这风情、这光，撩拨人，心已迫不及待了。

北方还是冰天雪地，这里已经春暖花开，只一件薄薄的外套也不觉冷。鼓浪屿的风是有味道的，海的味道，也是温柔而多情的，如女子的手轻抚你。鼓浪屿的气息是匀称的，不慌不忙、如丝如缕。鼓浪屿也是湿漉漉的，空气里像洒了水。脚都不忍去踩，恐怕踩疼了它。

而行走于鼓浪屿的我，每一步都如踩在琴键上。它是"钢琴之乡""音乐之岛"，躺在音乐中的鼓浪屿，被音乐煨着，浑身上下都流动着音符，很文艺，很小资。

就连它的街道也很诗意。这里一条，那里一截，交错蜿蜒，没有横平竖直，没有章法，深入，很担心迷路。每一条都不长，如不规则的短句，平平仄仄，但起承转合间都有韵脚，都耐人寻味，像现代诗。难怪，这里住着舒婷，这里能流动出《致橡树》那样的美句。一定是这些弯弯曲曲、曲曲弯弯的街道给了舒婷灵感。

街道上看不到一辆汽车，看不到的，小岛是撑不住这些噪声和烟尘的，干干净净才是它的颜面，慢慢腾腾才是它的性格。都说时间是公平的，但在这里，时间老人也被它的风情迷住，禁不住慢了步子，慢了步子。

建筑，一座挨着一座，一家挨着一家，没有缝隙，寸土寸金上是不允许有空隙的。座座充满异域风情，哥特式尖顶、古希腊柱子、巴洛克式浮雕、西洋风格、欧美味道，中式布局、中西合璧，在这里完美交融。家家都是别墅，户户都是花园。这里没有高楼，高，是会破坏鼓浪屿的风情的。但，每一座，看上去都上了年纪，都是一部史书。鼓浪屿是一部浑身密集着时间的史书。

花，在鼓浪屿不能不看花。这里的花远比北方的花任性，湿度和水助长了它们的肆意。密密匝匝、招招摇摇地就铺满了人家的墙壁，像花环，特风情。这花，叫鞭炮花，细看，还真像一串燃烧着的鞭炮，绽放的花瓣里啪啦地开，开得满墙都撑不住，向街道上流，看到，不能不驻足。路过每个门，都不由放慢脚步，是满院子关不住的花在告诉你：停！

天黑了，我的心却是正午。

走在这样风情的巷道，劳累顿消，只想着慢，只想着看，眼睛都有点顾不过来。

这里的客栈都是家庭式的，或文艺怀旧，或浪漫温馨，或海景广袤。"游走日月""琴海庄""临海听风""山舍咖啡""耷旯环岛"，听听这些名字，多风情，多浪漫，多艺术。我们住的这家叫"外婆的澎湖湾"。

外婆家的感觉,温暖、舒适、亲切,让我想起歌曲《外婆的澎湖湾》,便想,歌曲里的澎湖湾该是这个样子吧:门前有花,院里有花,很多,盆栽的、地上长的、空中搭的、墙上缠的,到处是。有花的日子都是香的,心中窃喜,今晚我们要枕着这花香睡了,就想,我日趋单薄的睡眠,定会丰盈起来的。

没见到外婆,只有一个女孩,20多岁,小巧可人,很南方,花一样。普通话里有一股股闽南味,海风一样地温暖、亲切。外婆家的感觉。

晨起,院子里的鸟是闹钟。它们在树上跳来跳去,叽叽喳喳,在唱晨歌。鼓浪屿睁着惺忪的眼睛,醒了。我也醒了。比我醒得早的是一对恋人。女的坐在院子里的秋千架上,不紧不慢地在荡。秋千架,木质,上面缠满了花。男的推着秋千架,也是不紧不慢,女的深情地望着男的,然后是甜甜地笑,男的也笑,只有笑容,没有声音。这笑,如鼓浪屿的第一缕晨曦。他们真会选,鼓浪屿很适合度蜜月。

我不急着去看海,也不急着去看岛。只想着逛街,这里的街风情,我喜欢风情。鼓浪屿的小店精致,像一件件瓷器;鼓浪屿的小店洋气,像一个个芭比娃娃。很喜欢它们的造型和装修风格,很文艺,绝没有雷同,也没有富贵气。店里大多的衣饰都很风情,衣是棉麻材质,饰品是古香古色,小到一条手链、一枚戒指,都别致得很,精巧得很,像小店的名字,像小店。

我穿了一身棉麻衣裙,着了一双红色绣花鞋。这鞋,我平时不穿,总觉扎眼,但此时,与鼓浪屿的街,很搭,很配。如果穿了其他鞋子,反而会坏了这街的风致。我买了一条木质手链,配了它,真有锦上添花的效果。

逛累了,就到美食店,选临街的位置,坐下。要一碗海蛎汤,配一个"金银包"。来岛上，得喝海蛎汤。"金银包"，是被这奇怪的名字吸引，它外形像蒸饺，但比蒸饺胖，"银"是外面的糯米皮，"金"则是里面的蔬菜馅。汤新鲜，包味美。吃吃，停停，看看，满街的人，异域的风情，像烟火，但多了些情调。

美食店也很有情调。欧式布置，木质桌凳，墙壁上挂满了纸贴，凑近一看，都是游客到此的留言，整个一面墙都是，红红绿绿，五彩斑斓，像美好的愿望，像蓄着的清梦。都说，来鼓浪屿最好要有一场艳遇的，这里适合艳遇。我觉，踏上鼓浪屿的那一刻，就已经在恋爱了。

还是要去钢琴博物馆的，博物馆像挂在菽庄花园高处的一架钢琴。黑白键墙体，红砖蓝窗。里面格调高雅，高雅如一首钢琴曲。稀世名贵的40多架钢琴，摆在那里，很有艺术，那氛围像铺展一场钢琴音乐会，不用侧耳，那些艺术的声音就从遥远的国度飘来。

走进，沉浸在艺术氛围里，你想说话都难，你不优雅都不行。

在菽庄花园里漫步，对，漫步，急匆匆的脚步会把这里的音乐踩乱。慢下来，把时间拉长，才能把整个鼓浪屿装入眼里，才能把艺术带回家。

前面有艺人在弹琴，光头、布衫，坐着，前面是一架钢琴。他眼闭着，手在琴键上跳跃，像音符，上半身在抒情，整个人都在抒情。艺术是离不开抒情的。有人驻足，看他，看他的样子。他并不睁眼，只顾弹琴。醉了，都醉了！艺人醉在音乐的世界，游人醉在艺人的醉里。

坐在亭子里，看。看天，天湛蓝；看云，云清淡；看海，海碧绿；看沙滩，沙滩金黄；也看人，来来往往、慢慢悠悠。日光岩像一位沧桑的老人，用慈祥的眼光看着，看着海，看着沙滩，也看着来来往往的游客。

我侧着耳朵，使劲听，企图听到海浪撞击日光岩的咚咚鼓声，可是，听不到。是时间把鼓浪屿变成了一位风情万种的女子，她只有风情，万种的风情，哪来那么大的力气呢？

见蟒河

总觉蟒河是一条大河，有宽阔的河面，滔滔的河水。一见，并不然。

蟒河，是一条峡谷。南太行的小峡谷，自然比不得太行大峡谷的格局。如果说，太行大峡谷是一条项链，它无非就是几颗珠子。它的小巧，倒像是太行大峡谷的一位嫔妃，衣袂飘飘，端了一脸的秀美，在等。

夏季，它等来了我，我见到了它，它却与我的想象相差甚远。这，多少有些遗憾。

一路上，我在找它，却先看见了山。山，并不高耸入云，也不气势汹汹，满山都是翠绿，古树挺拔俊秀，山花妩媚斗艳，夏草蓬勃肆意。这郁郁葱葱的长势，在北方却难得见到。难怪，有山白树、领春木、青檀、兰草、山萸树、红豆杉，这么多名贵的亚热带树种。"造化钟神秀"，杜甫写泰山的句子用在这里，我觉，也合适。

终于看到了蟒河，它被两山夹着，并没有巨蟒的气势。我不知道为什么叫蟒河,有人说河的走势像蟒;有人说河水大时曾有巨蟒生活于河中;也有人说,河水千年积淀的绿像蟒身上的鳞。总之,这河,跟蟒有关。可,我觉,这名字过于宽大,秀气一点的名字,于它,更合适。

蟒河是秀气的。河滩并不宽,河边长着野草野花,像给它绣上花边。河滩里布满了石头,奇形怪状的样子,奇形怪状地呈现,全随了性子。刻意属于其他景区,蟒河不矫情,它的胸怀都袒露着。河水瘦,瘦得成了一条带子;河水也薄,薄得盖不住它的骨骼。水很清,清澈见底;声很细,细如鸟鸣。我探着身子,向前望,被山挡着,看不到它的源头,只看到峡谷的走势,就想,这水,灵秀了这山,也像是山的一个悠长的呼吸,这呼吸,顺着山势逶迤着,一直要到太行、王屋山的脚下。

一路上,我们走,太阳也走,但太阳在这些茂密的树枝面前,败下阵来,到我们身上时,只有稀稀疏疏的光影。六月天,不觉热。再看脚旁的蟒河水,更亮,更清,也多了起来。太阳碎了,碎成了一块块的金子,在水面上跳跃。一河的光,在流动;一河的金子,在闪烁。

抬头,看见水挂在了山壁上,是小黄果树瀑布。说是山壁,其实也就3米多的落差,水从高处流下,如布似帘,远没了"飞流直下三千尺,疑是银河落九天。"的豪气,蟒河是撑不住这浩大的场面的。只有,这娇小的瀑布,配了它,才好。水经过山壁,脚印变成了苍绿,透着千年的光阴。水是跳着舞蹈落在下面的岩石上的,跳出了声,乐成了花,碎成了瓣,四下里扬,到处洒。

像这样灵秀的瀑布一路上见了好多处,而每一处又绝不雷同。只要有落差,就会有瀑布,这些瀑布是流动的壁挂,把山装扮得楚楚动人。也是音乐，跟鸟鸣唱和，奏响了天籁之音。

一路上，水声是向导，牵引着我的脚步。眼前突然宽阔，让我惊喜。小的落差呈梯田样，水的层次多了，漾起了花纹，像少女舞动的裙，一层一层地，向下流。平地的中间，偏偏有一个潭，水缸一样地接纳着这些水。潭不大，但绿厚实，深不见底，分明就是一块翡翠。正宗的祖母绿。手不由去摸，它陈年的气息，浸入肌骨，顿觉凉意袭人，手到的地方，玉碎了，心不由得跟着起皱。

我们向前走，水向着我们走，走着走着，一部分水见了低洼处，就停下来，汇集成潭，其绿黏稠，又似翡翠，后人便起了个名字"翡翠湖"。这湖与前面的那潭一样的小，但又不同于那潭。南边有一块石头，悬空，石上湿漉漉的，有细细的水往外冒，有各种小草小花向外长，看它，像看凝聚了千年光阴的盆栽。爱美的游客，站在石上，摆各种姿势，要定格成美。人、水、湖，还有悬空的石，看着，像欣赏大自然的丹青水墨。我贪婪地吸收着与城市截然不同的格调，这格调，美得忽而盛开，又清香四起。

同行的友还要继续往前走，说尽头有水帘洞，我选择停下。总觉，一定要在蟒河边坐坐，有些美，需要坐下来，慢慢赏。

选一块石头坐下，一个人。

看天，天碧蓝，云大朵，太阳金黄。两面是山，奇松怪柏，绿树成荫。脚下是水，清亮亮，绿盈盈。耳朵里是鸟鸣，是水声。人在其中，心静了、净了。坐着，什么都不想，就坐着，发呆。阳光的影子，不觉已经漫过了山腰，朋友叫我的声音在山谷里回响，该走了，可心却又不舍。这时，耳边响起了"鸢飞戾天者，望峰息心；经纶世务者，窥谷往返"这样的句子，就看到了，在青山绿水中，吴均着了长袍，背了双手，仰天长吟。一些诗意的东西，就开始在心里蔓延、泛滥。

这里，没有烟火，适合彻底地谈诗和清晨，我和花草、蟒河、中条山，或者跟梦。

一路上，见得最多的动物是猕猴。树上、林间、路上、人的脚旁，三三两两、成群结队，它们不怕人，像另一群居民。其实，在这里，它们是主人。我买了一袋玉米，放在掌心，心惴惴的，怕它们锋利的爪子，也怕它们尖尖的牙，可它们一点也不会伤我，乖乖地吃完我手掌里的，就急急地去吃别的游客手掌里的。只是不忍看它们的屁股，红红的，像脱了皮的两坨肉。也不忍听它们的叫声，幽幽的，像悲鸣，像呜咽。

见了好多的母猴，怀里抱着小猴，或吃奶，或不吃奶，却也不曾离开。远不是影子，而是作为母猴的一部分，紧紧连在一起。就想，母与子的关系，在它们身上有更生动的展开。也想，猕猴的繁衍能力这样强大，我生活的晋中和它们在的晋城，并不远，可为什么，在我附近的山上不曾见过一只呢？

也见了不少的蝴蝶，黑色的底子上洒了金色，羽翼像绽开的花朵，硕大，奇美！在我们的旁边、头顶飞来飞去，像精灵，像纷纷飘扬的花瓣。看它们，像看一场舞蹈，漂亮的裙在飞，婀娜的身在舞。此刻，再怎样矜持的心，也会舞动的。

爱默生说：自然是个轻佻的女子，以她所有的作品引诱我们。这话不假，蟒河便是。

逆流而上，顺流而下。我不知道它的源头在哪里，作为黄河支流沁河的支流，它长达130公里，我见到的，仅仅是蟒河的一小部分，很小一部分。就这一小部分就够了，足以给我一个芬芳的清凉的夏了。

曾厝垵

曾厝垵，三个字读出来，是很有禅意的。

以为，要去的是一座寺庙，梵音袅袅、烟雾缭绕，是个净地。以为，曾厝垵是一尊安详的佛。其实，它是一个渔村。到了，才知，也并非真正意义上的渔村。在曾厝垵看不到一棵庄稼，也看不到土扑扑。

曾厝垵就像一位女子，穿了棉麻的衣服、戴着别致的首饰、披了波浪卷、抱了花，在海边漫步。或者，像是一位艺人，抱了琵琶，自顾自地弹唱着。曾厝垵，就是一个袖珍小镇。

曾厝垵是镶在厦门衣襟上的一枚胸针，是大海边跳跃的一朵浪花。鼓浪屿的南边、环岛路的左侧，它绽放在光阴里，像一朵花，不艳不媚，说不出怎么个好，但怎么都觉好。

文艺，小资，是它的生命。一个地方有了生命就有了脉息，也就有了气质。曾厝垵，是有文艺气质的。它像一位艺人，别样的装束、别样的衣着，更重要的是有着别样的气息。小众，曾厝垵绝对是小众，无以复加的小众。

站在它的面前,我嗅到了那浓浓的文艺气息,这气息,让我迷醉。

北方正飘着雪花,曾厝垵却正刮着暖风。阳光也分外迷恋曾厝垵,走到这里,停住了。停在了房屋上,房屋就亮起来;停在了街道上,街道上就流着光。曾厝垵像漾在光里的一件刺绣,发着古朴而又风情的光泽。天空也高远了,有光线撑着;云也淡了,光线给照得淡下去了。

我的心情却亮了,阳光一样。

曾厝垵的建筑很艺术,很小资,关不住的田园风情。房屋,没有鼓浪屿的洋气和阔气,但跟鼓浪屿的房子一样,都上了年纪,墙缝砖瓦里都长着长长的光阴,蓄着千年的气息。房子低矮、小巧、精致,像一个个制作精美的火柴盒。

花,在曾厝垵是不可或缺的关键词。墙壁上、院子里、盆里、地上都是。开花的,开得肆意;不开花的,也不闲着,绿上闪着光。尤其是屋顶上,随处都可以看到密密匝匝的叶、红艳艳的花。花满满的,却不觉挤;绿也满满的,却不嫌多。曾厝垵的田园风姿,如若少了这花、这草,就是败笔。

曾厝垵是被鲜花喂养着的。我感觉,我的每一步都踩在花香上。衣袖里、发丝间,都密集着香气,一股一股的,带着撩人的磁性。

来曾厝垵,是要选一家客栈住下的。星星缀满星空,月光洒满院子,院子里晃动着昏昧的光,安静而又暧昧。木桌,木椅,我和先生。我们不说话,只坐着,中间隔着茶,淡淡的茉莉花茶,缥缈着、氤氲着。我只想着时间在那一刻慢下来,慢下来。只想着画面在那一刻定格,我、先生、花、院子、星星、月光……

那晚,连睡都不忍心,我一直坐到星星都睡了。

太阳醒了的时候，我也醒了。这花太香了，把觉都冲淡了。起来，走动，奇怪并没感觉累。忽然冒出这样的句子：当有更吸引你的事时，累就会被冷落。

曾厝垵醒了，整条街道都醒了。

街道，狭窄，还不平。石头地面，从东向西走，没觉得地势怎么高，但走在前面的人总要高出后面的一点，一点点。街道也短，没觉怎么走，就已经到了尽头。只是岔路多，这里突兀出一条，那里又蹦跶出一股，像小说中插入的某段情节，磁铁一样地，吸引你。

曾厝垵的街道，我更愿叫它胡同，或者巷。

曾厝垵的胡同不大，但文艺的气息满条巷子都是。店铺，古砖木顶，落地玻璃，西式吊灯、欧式窗户。丽江的街道古朴，有少数民族的味道；平遥的街道中国，有着商业气息，它们都少不了灯笼，曾厝垵则没有，它更像一件西式化了的粗布衣裙，有着独特的风韵。

人，满满的，曾厝垵的街道有点撑不下了。满街都是闪烁的眼睛，好奇，惊喜。这么多的人千里万里地来这里，都为了这股文艺的气息。生活里没有。艺术都是站在生活的肩上的。

店铺一家挨着一家，绝不雷同，家家都带给你惊喜。衣服店卖的是棉麻，这家店里你看到的款式，那家店里看到的永远是别的款式。琥珀挂饰、现磨现做；百年银饰、图案各异；串链吊坠、很显特色。一家家进，一家家出，流连、端详，遇到喜欢的，禁不住买、果断地买。

来曾厝垵，是要画一张速写像的。画家是男性，30多岁，披了齐肩的发，蓄了乱糟糟的须，用了一双艺术家的眼睛看我，然后画我。我坐着，耳边是钢琴曲，周围是挂了画的墙壁，很有点老电影的感觉。他画得极认真，看得出，他把自己融进了他手里的艺术。画画好了，他问我,是否像。其实,无所谓,过程比结果更是艺术。

曾厝垵的水果,摆放在临街的店铺里,颜色鲜艳,像海滩上五彩斑斓的贝壳,看着就有食欲。花 10 元钱,买各种口味,满满一塑料盒:芒果、波罗蜜、猕猴桃、火龙果,还有叫不出名字的,小块,拿了牙签扎着吃,边走,边吃,边看。时间,此刻慢得只剩下享受了。

风味小吃,是挡不住的诱惑。柚子茶、双皮奶、沙茶面、海鲜大排档,再加上那些艺术的表演和叫卖。一股股香味,长了翅膀一样,在我的舌尖上跳舞,没办法,沉迷在这种诱惑里。吃了这个,总觉还想尝尝那个。明明肚子在反抗了,却还是禁不住。

曾厝垵,这件艺术品,得坐下来,慢慢赏。

中国的渔村和西方的文艺在这里碰撞,撞出了一个曾厝垵;古典的朴质和现代的元素在这里融合,融合出一个曾厝垵。现在的曾厝垵,已经不是以前的曾厝垵,以前的曾厝垵在地图上是一个米粒,现在的曾厝垵在旅游版图上是一颗珍珠。

离开曾厝垵的时候,我有点不舍。就想,如果可以,我愿意是这里的一位村民,守着自己的家庭客栈,守着一院子的花草,守着曾厝垵的文艺,过小资一样的日子,过田园一样的生活……

荒凉戈壁滩

"荒凉"两个字像荒凉一样荒凉，没有再比它更能概括西北戈壁滩了。

西北戈壁滩在太阳下暴晒着，像一个干瘪的老头，满脸的褶子挤不出一点水分；像地图上的板块，皲裂成一道道的疤痕。荒凉，一望无际的荒凉；苍白，一望无际的苍白。

太阳、骆驼刺，除此以外，戈壁滩上再无其他。"寸草不生"，大概说的就是戈壁滩吧。一个寸草不生的地方，是不会有鸟雀，更不会有人烟的。戈壁滩是一个被生命拒绝的地方。

去戈壁滩，得把自己捂得严严实实，我只露着两只眼睛跟它对接。我怕，怕太阳把我烤成戈壁滩上的一粒尘。

戈壁滩的太阳，夸张、抒情，仿佛特别钟情这里，热情满得天空都撑不住。光线毒辣辣的，四下里泼洒，像千把万把的尖刀，像千支万支的利箭。戈壁滩上，像燃烧着火，呼呼呼地，看不到，却能感觉得到；空气里，像下着火，哗哗哗地，同样看不到，却同样能感觉得到。太阳，像个大火球，通红、雪亮，一整块地烧下来。

太阳燃烧着，发了疯一般，停不下来。它走过的地方，以风的速度，燃烧着大片的火焰。

七月，正是太阳肆虐的时候，戈壁滩上的太阳更是狰狞着面目，张牙舞爪。这里的七月，高出别的地方很大一截。

我和同行的朋友，全副武装，把头包起来，把脸包起来，还戴上墨镜。我们是宁肯让汗水把自己浇透，也不愿让紫外线把我们晒黑。看三三两两的游人，和我们一样。也看导游，女孩，20多岁，只戴了遮阳帽，脸色黑红，两坨高原红，像开着的两朵花。女孩，西北女孩。面对紫外线，她不怕，我们怕。她有对付它们的武器，我们也有。只是，她的看不见，我们的能看得见。在太阳面前，导游女孩比我们勇敢。

看天，天高远，是光线把天空抬得更高，是一望无垠的平坦让天空更远。天也更蓝，湛蓝湛蓝，像大海，有人说，天空就是大海倒过来的模样，可是，满眼热辣辣的光线，这满海的湛蓝也不会把它降下去半分的。

云，也大朵大朵的，任性着。我居住的城市的云全不这样，它们有时丝丝缕缕，有时也大朵，但都贴着天空，看上去，像贴画，像剪纸。这里的云却不，是跃出天界的，是飘在头顶的，立体感更强，云朵的纹理更清。它们就在头顶，不由得伸手去抓，可抓不到。有些距离，看似近，却很远，一生都难以跨越。

戈壁滩，少了建筑物的遮拦，少了花草树木的点缀，更显辽阔，也更显荒凉。只有土，铺展着，暴晒着，发着白光，有的地方甚至裂开了口子，干裂的皮肤翻卷着。总觉，万物生长靠着水，没水的地方是不会有绿的。但，在戈壁滩上，我还是看到了绿，尽管不是葱茏的绿，不是蓬勃的绿，甚至是发着白光的绿、无精打采的病了的绿。

我看到的那一瞬，还是呆住了。干燥和沙砾堆起的容颜上，居然开出了绿意！

骆驼刺。眼前就是传说种的骆驼刺。以匍匐的姿态贴着地面，带刺的枝条像浑身插满了尖刀，对付着肆虐的风沙和毒辣辣的太阳。叶片长圆、不葱茏，但片片努力地抱着枝，在长，在伸，看上去，像沙漠里的一只绿色刺猬。也听说，这种植物养活着骆驼，所以有了"骆驼刺"这样的名字。

我看不到它的根系，据说很庞大，长达20多米。便想，这20多米的底下，一定该有能让它活下去的水分。也难为了它，上面，要努力地长，下面也要努力地长。既要对抗风沙毒阳，又要寻找活下去的水源。其他花呀草呀树呀，都败了下来，它却活下来，活成一种精神，活成一种毅力，也树成一座丰碑。我，自认为改造自然的人，在它面前不由得肃然起敬，肃然起敬了。

它还开花，花很小，不成朵；色淡，淡粉，如果不是靠近，很容易会让人忽略。幸好，我到它跟前，蹲下，看到。看其他花，是视觉盛宴，是带了欣喜；看它，柔弱的瓣、纤瘦的朵，心会疼的。看久了，眼也会湿，总觉得上帝怠慢了它，冷落了它。再看，它却不恼不争，只努力地开，寂寞地开。便释然，也许，戈壁滩就是它的恋人，守着开放，苦也是甜，难也是爱，守着，就是幸福，开着就是快乐。

干渴久了的胸膛，是需要绿来慰藉、花来点缀的。孤独与孤独靠近，就不再孤独；寂寞与寂寞相遇，就不再寂寞。

汽车在戈壁滩的腹地行驶着，四周静悄悄的，只有汽车行驶的声音、阳光燃烧的声音、土地干裂的声音。茫茫戈壁滩，一片荒凉，看不到庄稼，看不到人影，连一只飞鸟也没有。"衡阳雁去无留意"，无留意的，鸟也喜欢热闹，喜欢人，喜欢花草树木。

空，戈壁滩是空的，空得让人心慌；也是凉的，凉得让人发抖。我隔着汽车玻璃，看。荒凉！难怪，这里古代叫边塞，奇异风光，绝版，内地是复制不出的。这样想着的时候，我就看到了霍去病把金戈擦得铮亮，广袤的边塞，留下了千年绝唱；看到了辛弃疾骑的卢马，拉满霹雳弓，驰骋疆场，所向披靡；也看到了大雪纷飞中，岑参穿了战袍，背了双手，苦吟"忽如一夜春风来，千树万树梨花开。"耳边就响起了玄奘西天取经的铮铮誓言，就传来了丝绸路上驼铃的声声悠扬……

本以为戈壁滩是空的，是荒凉的，其实，并不。

八点了，太阳依旧降不下热情。靠着车窗，突然，看到了远处的楼，还有烟囱里冒着的烟，眼前出现了"大漠孤烟直"的景象。一问导游，她说，那是"钢铁巨龙"，是西部开发的号角。

我纳闷，继而顿悟。国家是不会让戈壁滩空下去的，也不会让戈壁滩荒凉下去的。十年后，我会再来戈壁滩的，那时，它该会是什么样子呢？

惠山古镇

去江南，不能不看古镇；来无锡，不能不去惠山古镇。

寒冬天，下着雨，下午，我和朋友打车前往，急惶惶地。我们跨过喧嚣的烟火，穿越繁华的街道，心几乎是以鲜花绽放的姿态，向着它靠近。

古镇位于无锡市西、锡山与惠山的东北坡麓、京杭运河南岸。如果说京杭运河是一位沧桑的老人，那惠山古镇就是镶在他衣襟上的一粒纽扣，是那种中国传统盘扣：靛蓝、老旧。古朴的气息、中国的味道在它的褶皱和纹理里繁复、绵延、不绝。

古镇就是一本厚重的史书，它以民居的形式珍藏岁月，它的一砖一瓦里都落满光阴。

循着它古老而厚重的气息，走入，我迷恋那些时间深处的气息。脚下是石板路，一些苍老的苔藓，以时间的速度从缝隙里攀爬、漫漶，像给这些石头晕染了一些图案。老街坊，江南老街坊，惠山古镇的老街坊是断然不能少了青石板路的。走这样的石板路适合布鞋，高跟鞋的坚硬会把这些意境踏乱，也会惊扰了那些沉睡千年的故事。

我始终坚信,每一块落满脚印的石板上都密集着故事。

路两边是民居,江南特色的民居。灰砖、青瓦、斗拱、悬檐、镂空木窗、细条栅栏……每一个门都曾经有过烟火、琐碎、争吵和爱,门前的石礅上被时间的风雨擦拭过无数遍,也被不同的体温温存过上万次。那些木门、木窗是一些亲切的召唤,我禁不住走了过去,斜斜地靠在门木上,回望,有一种穿越千年的感觉,也许,我的前世就是这样一位江南女子,在淫雨霏霏里,等待着离人的归来。

而今,这些一间紧挨一间的民居,都做了商铺:古玩店、小吃铺、衣饰坊、最多的要数茶社了。我喜欢逛这样的小商铺,一间间进,一家家出,看的不仅仅是商品,更是地方风尚。也喜品茶,在阴雨连绵的时刻,更适合品茶了。跟友选一家,临窗而坐,茶的清苦、雨的缠绵、江南的水汽,一并在唇间交汇。时间在这里慢下来,接近奢侈。在红尘里活久了,我们早已习惯了繁忙,此刻,把繁杂放下,把自己腾空,就做一位悠闲的品茶人,或者做一杯清茶,也好。

路两边也是祠堂的汇聚点:先贤施子祠、朱祠、杜祠、浦长源祠、恭先生祠、范文正祠堂……或大或小,或阔或窄,某种程度上,祠堂就是他们身份的名片。迈着门槛进入,照壁背后,一些生活的私密以细节的形式呈现。先人们去了,但他们的故事砌进了墙壁里,他们的气息也氤氲在祠堂的角角落落里,而他们思想也蹲踞在时间的深处,等着后人去翻阅。门前的石板路上,时间已把他们的背影风化,但门前河水的涟漪里一定荡漾过他们的音容笑貌,只不过也一样被时间冲洗掉。在时间面前,伟人和俗人有着一样的境遇。

水,让惠山古镇有了女子温婉的模样,就像云和鸟使天空有了柔软的性格。水从京杭运河的主脉上分成一股,缓缓地流进古镇的胸膛。一条流动的经脉将古镇分开,河南岸跟北岸,仿佛是彼此的倒影。经过水这面镜子的映照，景致多了，那些本不高的建筑也软了许多。水上有古船，水上有小桥。小桥作为水的花环，不仅美了桥，也成了连接两岸的纽带。

牛毛小雨，淅淅沥沥，成了古镇天然的道具，它营造了朦胧诗意，加重了古镇的温婉气息。我把脚步放慢，这样的意境只适合静观、静坐。选一块石头坐下，水的湿气、草的清香扑面而来。水面上积着老绿，水清得能当镜子照，那就不要枉了这清，就临水自顾吧。但手不可轻触水面，怕搅乱了这一河的宁静，还有光阴，如果这样，会让我不安。太美的东西，总是让人爱到不安。

到这里，祠堂群密集繁多了起来。几乎一间挨着一间，据说在古镇有上百间祠堂，就想，古人为什么选择这里？那一定是看重这傍山依水的风水宝地了。地灵某种程度上是产生人杰的温床，难怪这里会挂着"人杰地灵"的牌匾，古镇的精髓都被这四个字衬托出来了。

是祠堂把古镇撑得饱满，是水让古镇温婉，而《二泉映月》的悠扬曲调，一定让古镇染上了艺术的气息。试想，阿炳，在有月的夜晚，卖艺归来，穿过小巷，坐在二泉边，用乐曲表达着内心的丰富，那不能不说是凄凉里的奢华。二胡就是阿炳的语言，是它与人和社会交流的文字。需要"跪下来听"的曲子，一定是从心和生命中流淌出来的音符。我是以敬仰的心去靠近一个丰富细腻、经历风雨摧残却屹立不倒的灵魂的。在古镇的一隅，安放着阿炳和他的《二泉映月》。吹过阿炳的风也吹过我，站在阿炳曾经站过的石板街上，我试图捕捉一些艺术的气息，我看到，它们正缓缓地从镂空木窗里飘出，在古镇的空气里蔓延。

巷子是老街的支脉，这里一条，那里一股，像先人布下的迷阵。吸引我走入的是一阵阵的香气，这香气经过斜风细雨的过滤，纯净而清澈。它来自墙角处的一树梅,梅还没全开,以朵的姿态挂在枝头,淡黄、含苞,像刚刚点亮的灯笼,妖娆在雨雾里,跟挂在屋檐下的灯笼相互映衬,灰的底色上顿时妖娆起来,也生出了些许暖意。古镇水乡是否也是我坚硬生活里生发出来的丝丝暖意?

拐过一条巷子,就是小吃街,由于下雨,又遇天黑,店铺也像慵懒的少妇,发着倦态而迷离的光。我们在一家挂着豆花招牌的店铺前站定,老板娘是位40多岁的女子,身材娇小,眉目清秀,一副江南水乡的样子。她看看店里,摊开两手,脸上挂着歉意的笑容,说,下次来,一定满足你们。我们还会再来吗?于繁复的时间而言,我们只是匆匆的过客,或者,我们只是落入石板街上的一粒尘,不知下一刻又会在那里。很多时候,我们不能支配我们的行程,也不能肆意更改既定的程序。

小桥流水人家、厚重的古镇、诗意的古镇,笼罩在一片静谧安详中。一种说不出的喜欢从心的根须上生长攀爬,至嘴边就变成一些探问:这里的房价贵吗?朋友问:姐姐要在这里养老吗?我苦笑。我也只能以理想化的方式对所爱之地做一种虚幻的抵达。之所以对它产生如此的迷恋,我想,我们肯定存在某些契合之处。

那一瞬,我突然觉得我与惠山古镇距离好近。

由于下雨,街上的人三三两两,这情景,恰恰好。此时的古镇还穿着一件蓝衫,只是带了一些水纹,蓝色泅染开来,素淡之下,韵味就更浓了。

雨幕下的老街散发着浓浓古意,跟一条老街相比,人的一生太过短暂。然而,跟一条老街相比,步入中年的我也年轻了许多。

在暮色里,我就要把惠山古镇这本史书合上,生活在北方的我,南方水乡毕竟是一个梦境,但在某一个黄昏或者月夜,我还会再次翻阅这本书,让心插上羽毛,在它的上空做长久的飞翔。

情人谷，梦开始的地方

"情人谷"三个字，是很容易让人的联想插上翅膀的。相偎的缠绵、芳醇的蜜语、古老的故事从沟谷里、从清泉上、从花草间带着一股暧昧的气息，深深地牵引着我，渴望走进它的迫切，已经在心中澎湃了。

有时，一个神秘的名字就是一条充满诱惑的广告。

夏季，艳阳高照、光线白花花，晃得浑身燥热难耐。山西宁武县林溪山的"情人谷"，如一个装有空调的大房间，清风拂面、凉意习习。毒辣辣的太阳，仿佛被山上的树挂住了，还来不及到沟谷就折回去了。

沟谷就如一把明晃晃的刀一样，从山尖一刀砍下去，山一分为二，哗啦啦向着两边退出了几米，一条沟谷就此产生。后人又加进了"情人"这样的定语，这谷就多了一些暧昧和浪漫。

暧昧、浪漫好，适合情人，适合谈爱。

沟谷两边的山上郁郁葱葱、青盖红缀，高低俯仰、相映成片，密密麻麻、错落有致，一切都随了各自的性格，放开了手脚，拼命地生长，直到把自己长成夏天的样子。浅绿、深绿、翠绿、墨绿、缀着些红黄等艳丽挤在一起，鲜亮耀眼。挂树吊草从石缝间旁逸斜出，一副缠绵暧昧的样子。

情人谷的温婉浪漫不是因了草，而是花。浪漫是需要花来生动的。桃之夭夭的"桃花苑"、杏之灼灼的"杏花岫"，像众多女子咯咯咯地笑成一片。我去的时候，山花倒是不少，大朵的小穗的，丰腴的娇媚的，有名字的没名字的，或星星般地点缀，或光线般铺展。还有那些已经泛着红的枫叶，虽不似火，但大有烧成一片的趋势，这就是"霜叶苑"。

"云杉苑"是一片绿海。塔形的树冠一个挨着一个，层层叠叠，如一重重绿云向着天边蔓延。满眼的绿，蓄着大海似的深，为山覆盖着一层厚厚的绿被，只是，这张厚厚的被子在夏季是具有释放凉意的功能的，而所有这一切，似乎在为一场幽会布设一种意境、制造一些浪漫。

谷内溪畔的石缝间，长着一棵松树，盘根错节，周围的石壁裹挟着它，它在一条逼仄的缝隙里尽管不能伸胳膊蹬腿，但依然一副顽强的气势，看上去就像一个倒着的"？"，传说年轻的恋人来到树下，不论男女，可以向对方提任何一个问题都不会遭到反感，反而会增进双方的情感，故被称作"神树"。这个树和这个传说，加重了谷的神秘。

汾河的源头就位于山西宁武县，一条叫龙眼泉的支流如汾源的毛细血管，经过林溪山，而"情人谷"就是林溪山藏在深处的一串珍珠。一个如蛇形般的沟谷，如若有了水的灵动，将会更加妩媚动人。

一股清泉从谷的掌心哗啦啦流出，如一条折过来弯过去的玉带，顺着沟谷的纹理逶迤流淌。沟谷内的花岗岩石被它们日夜雕琢，在时间的辗转里，落差处变成瀑布，瀑布聚集处形成潭，这样的潭瀑在"情人谷"有五六处。这些潭像挂在溪流上的一颗颗珍珠，晶莹剔透。这条溪流更像是一条闪着光亮的串珠，后人叫它们"连珠潭"。

是最大的一处潭。瀑布从十几米落差的岩石上飞泻而下，如织如缎，仿佛是天上的仙女滑落的白色披肩。它没有"飞流直下三千尺，疑似银河落九天。"的气势，还是柔美一些的好，情人谷是撑不住这气势的。那些水落到下面的花岗岩石上，瞬间炸开了花，银珠碎玉似的，蹦来跳去，真应合了"大珠小珠落玉盘"的诗句。周围能看得见的岩石，光滑滑、油腻腻、水汪汪，如绸似缎，我是抵挡不住这诱惑的。

最妙的是架在溪水上的小桥，石质的造型，玲珑小巧，如水的花环。其中有一座吊桥，木板平行地排开，一直延伸到前面的凉亭。走在上面，心提到嗓子眼，脚似踩在棉花上，身体摇摇晃晃，是一种别样的体验。好歹桥并不长，尽头的亭子飞檐斗拱，像一只栖息在桥头梳理羽毛的鸟儿。坐在亭下的石凳上，潺潺的水声、啾啾的鸟鸣贴着耳朵传来，像观看一场露天音乐会。

攀上几级木质梯子，就是一座石桥，石桥不长，桥面不宽，桥下的溪水只一股股，瘦得楚楚动人。桥的栏杆上横悬着一条铁链，上面缀满了锁子，还间断地挂着一些红布条，像一些诱惑闪着眉眼。一对年轻的情侣走在我们的前面，你牵我拽，亲密无间，双双把一只大锁咔嚓一声锁在铁链上，然后相视一笑，女的脸上飞起了一片红晕，幸福像花儿一样绽放，就连空气里都布满了甜腻腻的味道。

第五辑 乘着火车去远方

一路上，间隔一截就有一块岩石立在路旁，或者卧在溪边，上面雕刻着传统的人工剪纸画，红彤彤，很喜庆。几乎都是一对对恋人，男人箍着白羊肚头巾，女人身着对襟碎花袄。或者抬轿迎娶，或者挑水种地，或者在大树下蜜语，或者在田地间休息，每一幅都是民俗民风的流露，每一幅都是生动故事的展开。而刻在画面旁边的字便是引领你走进故事的路径。如："过了一座桥猛抽上一袋袋烟，面对面坐下把妹妹瞧上一瞧。"看看这些字，你的想象还能静止不动吗？

游览情人谷，可喜结连理、白头偕老，这只是一些传说，或者那里蕴藏着一个美好的爱情梦。我认为幸福的爱情和婚姻，更需要用真情去营造。但是，"情人谷"那幽美温婉的气质、蜜语一样的流水、细腻柔软的质感，是会布置一种温馨浪漫的气场，它们一起把我身上的那些浪漫气息，从生活的琐碎里一缕一缕地抽出。我突然有种感觉，好像一下回到了初恋。不由想到了这样的句子：

如果你爱她，就带她到这里。

家乡的冬

天气已入深冬，总觉该写写冬，北方的冬，家乡的冬。

北方的冬，删繁就简、素面朝天，就像被打入冷宫的妃子，蜷缩在光阴里，每个毛孔里都蓄满深深的凉意。时间走到这里，就收紧了颜料袋，也把热情降下来。季节跟人一样，都有被冷落之时。

冷寂，是家乡冬天的模样。

冷寂，天空就像被风拽着，低沉，内敛。没了天高云淡的格局，没了艳阳高照的闪耀，没了朝雨润晨的清新，没了百鸟争鸣的热闹。它成天虎着个脸，像是谁欠了它多少钱似的。偶尔有几只麻雀飞过，那声音干冷孤独，像呜咽，它的低吟浅唱里，一定蓄着梦，这梦，跟南方有关，遥不可及。我想，它们单薄的翅膀掠过之处，留下的一定是伤感的痕迹。太阳懒散，总斗不过夜。夜把霸道的大口伸向白天，白天短了，夜长了。长了的夜，月亮不喜欢，星星也很少光顾。就连爱散步的人，也都蜗居在家，因为夜空除了黑就是空，寡而无味，确实没什么好看。

猛烈了的，是风。总觉，能展现冬天风骨的，要数风了，强劲有力、咄咄逼人，呼呼呼、唰唰唰，有刀的锋利、箭的力度，有狮的狂野、马的迅疾。这风，没经过红花绿草的过滤，没经过百鸟翅膀的剪裁，粗犷、原始，这性格有棱角，像北方的汉子。南方的风轻柔，像温婉的女子。相比而言，北方的风更具个性，不含糊，不潦草，总是那么任性，也尽兴。就想，如果人能活成风，该多好！可人有时是缩着手脚、小心翼翼、察言观色地活着。

风再厉害，也不能吹破万物。树便是矗立在风中的勇士，叶尽了，色退了，只有条条筋骨裸露着，像利剑，似信念，吹不破，倒不下。很喜欢驻足在它们面前看着，风一次一次地吹着，它们一次次地对抗着，也断肢，也倾斜，不过，丢掉的都是些毛皮。意志不倒，就倒不下，这是树留给人的一些隐喻吧。很多时候，人最大的敌人就是自己。

寂空、枯枝、劲风，寥寥几笔就能勾勒出北方冬天粗犷的气息，可这粗犷里总藏着一些精致，也总舞着一些灵动。

梅，是北方冬天宛宛的笑靥。万木枯萎，百花凋零，唯她俏在花枝，媚在冷里，红着，艳着，任性着。那润如凝脂的花颜，像挂在枝头明艳的小太阳，淡黄的蕊，似燃烧着的火焰，带给人们温暖与希望。张张笑脸、朵朵笑容，是对冬天最好的慰藉。家乡的冬里，梅花并不多，但只要你循着它的馨香，是一定能够窥得到她的芳容的。有这样的她守着，家乡的冬天，会软许多。

雪，是冬天的精灵。风收住了阵脚，树停止了摇动，天空忽而就阔达起来，雪，纷纷扬扬、款款而落，无声，也无息。踮着脚尖，迈着碎步，落下、升起。落在树上，树就白了；落在房屋上，房屋就白了。白，掩盖了灰。白茫茫的，大地真干净。白，是上天赐给大地的羽衣，也是自然献给家乡的哈达。

当小城被白包裹起来的时候,我触摸到了季节的脉搏,匀称而舒缓,那一定是雪花落地的声音。寂静是产生禅意的温床,我看到禅意正从干净里一点点地晕开。这禅意,我喜欢。喜欢的何止我一个?张岱也喜欢,这样人鸟声俱绝之境,去湖心亭看雪最好!天与云与山与水,上下一白,铺毡而坐,拥毳衣炉火,观雪、独酌,张岱心中升起的一定是袅袅的禅意。是孤独了些,赏雪适合一个人,冬天也适合一个人。

如果在北方的冷寂里,张岱会不会去赏雪?会的,心中种着诗意的人,一有机会就会让诗意开花。雪,总归是下给诗意之人的。如果张岱是坐在我家乡的湖上赏雪,那么家乡的冬天也一定会有诗的味道了吧?

家乡的冬天,是要有雪的,如若没了几场雪,那真是季节的败笔。家乡很争气,不论迟早,总会有雪下的,这会让温婉的江南生出丝丝妒意。

不下雪的时候,我在教室里上课。窗外,北风呼啸,敲打着玻璃;室内,50张纯真的面孔,围拢了一屋的温暖。在温暖里,我讲课,他们听课;我讲冬天,他们写冬天。传道授业解惑,是我这个冬天的主题。当又一次雪花飘落的时候,我看到了自己幸福的绽放,那些绽放,让我的冬天有了温度。

双休日,我就窝在家。居家小妇人般,打扫、洗衣、做饭,也熬一锅一锅的粥喝,炖一款一款的汤尝。也学做几样小菜,跟先生一起喝酒、聊天、品生活。黄昏的时候,拥毯赖沙发,看一些都市剧。更多的时候是,沏一杯茶,捧一本书,在文字里搬把椅子坐下,静静地看着,让思想顺着文字的风驰骋着。在江南的烟雨里,人们总会想起那个弹奏琵琶的女子,而此时,在家乡的小城,在玻璃窗户里,有一颗细腻的心，在盘算着日月，在腌制着烟火。

曾羡慕江南冬天的秀山绿水，也曾羡慕东北冬天的冰雕玉砌，可感觉江南太软，东北太硬，而四季如春的昆明也太过单一，只有北方，四季分明，季节交替明显，春暖、夏热、秋凉，冬寒。一年之中，能明显地感受二十四节气的性格，我的家乡算是一个了。

这样想着的时候，我就推门下楼，循着冬天的气息，走进冬天，一直走到季节的最深处。在那纵横交错的脉经之处，感受着它从骨头里开出的冷意。

第六辑
Chapter · 06

母亲的三月

一个叫简的女子

夏天的时候,我去听赵老师的普通话讲座。中间片刻小憩之后,从台上飘下来一个女子朗读的声音:柔美阔亮,抑扬顿挫,如清风拂过树梢,似流水倾泻山涧。整个大厅的热气仿佛都被美的声音冲淡了,那一刻,并不觉怎么热了(整个的讲座都没感觉热,休息时反觉热了)。她朗读的是吴均的《与朱元思书》。

她陶醉,我也陶醉。她陶醉在吴均的文字里,我陶醉在她的朗读中。她不看我,我却在看她。

她,脸圆而白净,身材纤而娉婷,长发飘飘,额前的齐眉刘海儿,弯如月,亮似瀑。她的眼睛看着前方,却并不看台下的任何一个人,而是看更远方——吴均棹舟泛游之地:风烟俱净、天山共色,高山流水、鸟语花香。

她朗读完后,微微颔首,表达谢意,落落大方,没有些微的紧张和拘谨,谦逊而不失热情,举手投足,一颦一笑,恰恰好。一个有才气,有气质,格局阔达而不拘泥的女子。

30多岁的她,站在台上,就是娉婷在清水里的一枝莲,清秀而不媚俗，于琅琅声中尽见风韵。她那天穿什么衣服，我并不记得，只记住了她的声音。

问邻座的同事，才知，此女子是区教研室的。

这算是我对她的初次认识。这认识，始于朗读，起于语文。

同事老宇建了一个叫"晋中语文一家人"的聊天群，他拉我进去。她也在，理所当然地在。在不很惯的群里，我的身份一般是"潜水"，偶尔冒一下泡。看群里有几个爱好文字的同行发文，我便也发了自己的一个。不一会儿，有几个同行加我，她便是其中一个。

"简"，她的微信名。这名字让人想到了夏洛蒂·勃朗特和她的《简·爱》，尊严、坚持还有浪漫，一个不安于现状的女子。简，不俗，能叫简的女子，想，也不是纠结于家长里短、裹在世故名利里的世俗女子吧。

果然不是。

一个真正想在语文教学上做点事的人。她说，要来听我上作文课，果然来了，原以为说说而已。现在这样的人不多，真不多，如果不是公务，谁会劳神费力地去听课？会写几个字，有什么用？雪小禅也说了，风雅的事，大多都是无用之事。她偏偏就是看中了这几个字，而后好奇，而后来听课，听作文课。

那天，我从走廊里，远远地看到两个人，一男一女，坐在走廊的长椅上，光照着我的眼，看不清。是她和她的同事。那是下午第一节课，还不到上课时间，这么早。一个认真而时间观念强的人。

对她的印象在"好"字上又增加了筹码。

自此，我们有了面对面的交流，关于语文，关于作文。她满腹经纶、头头是道，这是一个在摸索中不断思考的女子，在思考中不断总结的女子，在总结中不断提升的女子，而且，是一个真正想在语文教学上做点事的人。

对这样的人，我一向敬重。

她说，还要来听我上作文课。还要来。

那一刻，我感觉到她的认真、坚持、探索，光芒一样四下里扬，在我的周围织成一块锦布，那上面遍布一种力量，向上也向阳。那力量传染了我。我一直认为，优秀之人身上都自带光环。那光环是带着指向性的一种力量，跟世俗无关。

上学期期中考试的时候，打开试卷，一股清新的气息扑面而来，那是一种清水里的芙蓉的气息，是新雨后的翠竹的气息，也是抛掉腐气而焕然一新的气息。这气息是从教学大纲的骨骼上长出来的，是在中考改革的春风里挥墨泼洒着的，是凝聚了无数思考和心血的产物。

这十月怀胎而出的足月宝宝，一定是一个健壮的孩子，个性而灵气。有时，作品就是名片，它透着这个人的才气和灵气，就如，你一看孩子，就知道家长是什么品位。没有一道照搬原题，没有一题投机取巧。不放过每个知识点，却又不显烦琐。不拘泥于课本，而又没完全丢掉课本。不是平原一目千里，也不是高山难攀，而是有层次、有梯度，难易把握，恰恰好。

真的，这题并不比中考题差。而且，有些题很有创意，也紧跟时代，紧贴生活，把一些网络用语巧妙地用进来。耳目一新，耳目一新的感觉啊！看着试题，我把想象伸向题外，就想，会是谁呢？冥冥之中，感觉是她。

果然是她。

考试结束。年级组。老师们去送试卷时，都在夸，今年的语文试题出得真好！初一老师在夸，初二老师在夸，初三老师也在夸。

我想，她如果在场，当赞美雪花一样地在她耳边飘起时，她会是什么心情你呢？这点，她显不出个性，因为，所有人面对赞誉时，心情都是鲜花绽放的样子。

她也一样。她说，语文一开考，她跟学生的心情一样，忐忑，七上八下，鼓点一样咚咚咚咚，直到她收到语文老师们发去的短信，才心安。她说，她看到老师们短信上的评价，她激动得几乎要跳了起来。我信。一个在过程里倾注心血、在结果里期望认可的女子，是会有如此举动的，这是真性情。简是一个性情中人。

我们谈论的话题大多关于语文，关于教学。她会虚心地听，这点很可贵，这是我和老宇的共同感觉。那这样，谈论就无须说半句留半句，也无须拐弯和绕。我喜欢这样。教学如果也涂上世故的色彩，掺上假的成分，那将是一种悲哀。

她健谈，且幽默风趣，是能把气氛带动起来的女子。无疑的，她是中心。是一个有着气场的女子。

这是一个有梦想的女子。有了梦想就有了翅膀，有了翅膀就没有抵达不了的地方。她说她爱语文，爱朗读。我感觉，她也爱生活，懂生活。这点，她没说。

这是一个身上有好多优点，能促人自省的女子，在我懈怠时，常常想起的女子。一个叫简的女子。

我不能说，也不敢说，语文教育缺了她会是什么，但，她绝对是旗帜，是明灯，有她引领，我想，一切会更好！

是花装饰了瓶
还是瓶安妥了花
只有彼此的照见
才有各自的光芒

路延伸着
那是远方迷人的召唤
世界这么大
总要去走走

活成一朵花
绽放出自己的格局
生命的宽度就大了

微风翻书

细雨烹茶

情调在琐碎里氤氲

浪漫在生活的底子上,绽放成花朵的形状

五朵月季

天暗下来的时候，灯光就变得温暖了。

手机的屏幕上"五朵月季"几个字，像一朵饱满绽放的月季，光芒四射，在一片光里把自己开成了一片热烈，开成了满屏的温暖。

"五朵月季"并非花，但却跟花有关。它是五朵花建的一个聊天群，一个属于五个女人的群。

步入不惑之年，花色淡了，花味淡了，但还能自喻为花。这是五个爱美的女人。

（一）

黑月季，花色别致，花瓣厚重，在阳光下闪着黑丝绒般的光泽，满园的月季中，它无疑是光芒四射、美丽个性的一族。

美丽、智慧、干练、有魄力的任，是一朵黑月季。

一头乌发顺肩垂下，一张脸美丽生动，尤其是眼睛，神采奕奕，那里的智慧，深得总让人一眼望不到底子，一身职业装，沉稳里透着干练，步态里冒着霸气。

有着霸气的女子细胞里都排列着一种叫能力的因子，组织领导的才能一定在一般人之上，从小到大一直是班长的任，天生就是领导人的料，举手投足、一颦一笑里都有着一股号召力。

上学那会儿，她永远是领头的，为班级出谋划策，眼睛一闪就是一个主意。为此，深得班主任的赏识，视之为臂膀，当然，也深得同学们的敬佩了。

工作上她更能折腾，一个城市到一个城市，一份工作到另一份工作。如今在市里担任要职，整天风尘仆仆，天上地上地飞来飞去，鸟人便是有长了翅膀的广阔，有了飞翔的洒脱。这让我想到了苏轼《定风波》里的词句：莫听穿林打叶声，何妨吟啸且徐行。竹杖芒鞋轻胜马，谁怕？一蓑烟雨任平生。这样的职场女性，字典里哪里有个"怕"字？

我们两个去香港，都是第一次，而那些标着错综复杂的地铁线，在我来说是一张理不出头绪的网。但，有她在，我不慌。她不慌不忙、胸有成竹，只一眼便理得顺顺溜溜。跟上她，去香港不会走回头路，生活里也不会走回头路。

虽说"海阔凭鱼跃，天高任鸟飞"，但鱼也要睡觉，鸟也须栖息。窝在沙发里，躺在我肩膀上的任，一头乌发垂下来，遮住了半个脸，阳光斜斜地照下来，在一片暖里的任，慵懒如一只温顺的鸟，一副娇美无力的样子，让人不由生出无限的爱怜。

在我意识里一直站立的她，只有这个时候，才是躺着的，也才更像个女人！

（二）

华和宁，都有白月季的清淡和粉月季的优雅，恬静淡然、凝重隽永。但各自的韵味、风情、气质却又不同，华是一湾漾着涟漪的湖，宁则是一湾蓄着沉静的潭。华是一杯茉莉，宁则是一壶红茶。

华和宁都是女人中的女人，有着一般女子的贤惠、勤快、持家，而又远远在一般女子之上，打理生活细节的精细，雕琢琐碎日月的刀力，不是每个女子都具备的。在她们的身上你看不到生活的邋遢，看到的永远是清淡的香、优雅的态。

华是集东方女子的优点于一身的美女。虽生于北方，却有着南方女子的温婉。在我们几个当中，唯华是适合穿旗袍的女子。个子高挑、身材娉婷，面容姣好，堪称校花。上学期间，走在路上，那是翩若惊鸿、宛若游龙啊！而随其行走的我和萍在路人频频的回头中，妒意就像时时飘来的眼神一般在心里乱挠。

华在一所学校做着会计的工作，她是能把枯燥的数字做成花的女人。一间居室密布着主妇的品位、气韵，大到整个房间的布置，小到一盆花的点缀，即使是一个小件的搭配。围着一张桌子吃饭，不必说食物的精细，单碗盘就是一种诱惑。

女人的味道，就是在细节中展开的。细节造就了女人，也打败了女人。

宁在一所中学担任政教主任一职。那么大一所高中，政教处的工作细如牛毛乱如麻，她却有条不紊，它是能用沉稳遏制学生骚动不安的女人，是能把沉静修炼成锋利的刀和戟的女人，而这些是她工作上不乱阵脚的武器。

一湾清潭，静静地，草动，花动，柳动，它不动。满潭的水，一眼望不到底，也许看不到的更具魅力，更有韵味。沉默有时是一种力量，一种比言语更杀人的力量。

　　宁就是一湾沉静的潭。一湾潭的沉静。

　　总认为喜欢唱歌的人，该跟活泼开朗紧密相连，但，宁偏偏是喜欢唱歌，却又无比宁静的那种。霓虹灯活蹦乱跳，音乐声活蹦乱跳，词语活蹦乱跳，宁是死也不会活蹦乱跳。她静静地站立，声音划过夜色，让人想到了一些静默的时光，或者一些词语。

（三）

　　博学多才、思维敏捷而又浪漫多情的萍，就是一朵芳香四溢的三色月季。

　　萍是真正的大家闺秀，不仅眉目长相，不仅举手投足，不仅一颦一笑，做事为人也是。

　　萍是能把白开水当红酒喝的女子。

　　这样的女子心里开满了阳光，是最不惧怕岁月的。即使不惑，即使凄秋寒冬，即使水深火热，更即使垂垂老去，也无妨。心里装有春天的人，就会拥有春天的姿态、少女的情怀、人生的风景。

　　萍无疑是浪漫的，是一个让人容易想到唐诗宋词，容易想到阳春白雪的女子。喜欢诗的女子，本身就是一首意蕴悠长的诗。如果说，上学期间的萍是一个粉红色的女孩的话，那现在的萍就是一朵三色月季。林黛玉的才情、薛宝钗的大气，可不是哪个女子都能同时具备。

　　都说浪漫的女子都很感性，可她是该谈花时谈花，该谈工作时谈工作，是最能把二者划分清楚的人。

萍就职于一所银行，做着银行办公室主任的职位，也算是职场精英了。

一个快乐的人，一个会把快乐带给大家的人，这本身就是一种很大的磁场，这个磁场吸引着我，吸引着她，吸引着其他认识或者不认识她的人。她有这等吸附大家的能力，谁有？

萍的语言是极具感染力的，总比一般人快半拍甚至更多。有时，你还沉在前一句话中，她的后一句话就已经撑上，回过神来，细想，多半是点睛之笔，不由会颔首称妙。几人相聚，你言我语，有时难免尴尬，她轻轻一句，人情入理就解了燃眉之急，让人不觉春风拂面、暖意入心。

（四）

至于我，属于什么月季，属于什么人，就打住，不说了。

认识我的人不说也认识，不认识我的人说了也不认识。

但，我觉得，在某些上，我跟萍一致，在某些上，我跟萍又不一致。

相聚一团火，分别满天星。毕业后的我们，散落在各个城市里。不常见面，网络就是纽带，就是桥梁。

天色已晚，而"五朵月季"还在一片光里，喜悦绽放，把自己绽放成一朵熟透了的月季。

看到，就是暖；看到，总是暖。

爷爷用烧酒腌制寂寞

暮色渐渐漫上来,像在空气里倒了墨汁,一点点晕开。黑下满了院子,这个时候,爷爷屋里的煤油灯就亮起来了,昏黄的灯光透过麻纸窗户,洒在院子里,院子里的黑淡了,冷似乎也被化开一些。

屋内炕头上,爷爷蹲靠在墙壁上,旱烟袋的火星子,在爷爷的一吸一呼间明明灭灭的,他那古铜色的脸上也亮一下暗一下,最后一口烟抽完的时候,姑姑就把一壶热过的酒放在爷爷跟前。酒壶,白色,漏斗嘴,像一个小花瓶。清香藏不住,向着屋子里扩散,它跑到爷爷鼻子底下,爷爷使劲地吸一下,然后长长地吐了一口气。爷爷斟了一樽,把酒樽贴到嘴边,"嗞嗞——嗞嗞——"酒香在爷爷的嘴里就变成了抒情,爷爷咂巴咂巴了嘴,他的脸上像铺了一块刚染过的红布。爷爷有这毛病,酒一沾嘴就上脸,脸上经"红"一染,平时叠着的褶子,便平展了许多,那麦茬儿一样的胡须上,也就挂满了珍珠和清香。

爷爷喝了一樽又一樽,直喝得满脸兴奋,兴致来了,就唱上两嗓子,那总是山西梆子,唱的又总是《打金枝》里金枝爹的那几句唱词，唱得并不圆润，疙疙瘩瘩的，像在走坑坑洼洼的石子路。

爷爷醉了，可我的心被硌疼了，还不断地向外渗着血。

更多的时候，爷爷喝完酒，佝着背，呆坐着，像一棵割剩的红高粱，独自在田野里杵着。煤油灯"嗞嗞"的燃烧声，跨过火苗，围住爷爷织成一张网，网里盛着的是满满的孤独。只有火苗摇曳着摇曳了无数遍的舞，再没有什么欣赏的价值了，爷爷早就熟悉了它的舞步。爷爷的影子投在墙上，盖住了半面墙，我总觉它像一团乌云，停在了爷爷的眉头上，更像一只张牙舞爪的怪兽，撕扯着爷爷的心。

屋子里一片寂静。有时，寂静是一口陷阱，人掉了进去，就别想着上来。我对寂静的这种近似残酷的感悟，就是在爷爷的夜里提炼出来的，它具备纯度的特质。

爷爷是孤独的，像孤独一样孤独。这种孤独，在奶奶去世的时候就撒下种子，在小姑姑出嫁后，它就噌噌地往上长，晚上的时候，它就长成了夏天的样子。它的茂盛，打破了爷爷的生物钟，让爷爷变成了一张烙饼，翻过来折过去地不能安稳。爷爷的岁数像枝干一样长，爷爷的健康却像挂在树上的一片叶子，苍绿、变黄、干枯，直至飘零。

好歹有烧酒，烧酒，散酒，村里人酿制的，劲大，火辣，一口喝下去，那火就呼呼地往上蹿。爷爷就爱喝这酒，村里人都叫烧酒。烧酒，这名字动着，像一团燃烧着的火，酒的劲道都给叫出来了。烧酒就像庄稼汉子火爆的性格，村里的男人都爱喝，爷爷尤爱。

听爹说，奶奶活着的时候，爷爷并不喝酒。奶奶得的是脑溢血，一头栽下去就再也没醒来，那年，爷爷53岁。奶奶的突然离世，像一颗突如其来的炸弹，炸乱了爷爷的生活秩序，也把爷爷的心炸了一个窟窿，爷爷从此爱上了酒。烧酒，几乎天天不落，一直到他的手再无力端起酒樽。

酒有时就是枯枝上挂着的酸枣，那耀眼的红，多少能稀释冬天田野里的凛冽；那烈酒的清香，就像奶奶手里的棉线，拧成一股，织成了爷爷身上的汗衫。喝着烧酒的时候，爷爷就有了抒情的声音。爷爷喜欢在天黑的时候喝酒，爷爷说，喝了烧酒好睡觉。爷爷说这话的时候，我鼻子酸酸的，总觉清冽荡漾的烧酒，就是爷爷一个虚妄的梦境，梦里一定有奶奶。

可爷爷更多的时候是喝了烧酒也睡不着。

小姑出嫁那天，红对联，红双喜，红油布，我家被喜庆塞得满满的，在一片锣鼓声中，小姑着红戴花，被众人簇拥着上了花轿。爷爷站在街门前，花轿看不见了，锣鼓声也越来越模糊了，爷爷还站着出神。天边，夕阳染红了半边天，也搭在了爷爷的身上，爷爷的脸在对联的映衬下，像蒙上了一层灰土。爷爷叹一口气，佝着背向着院子里走去，跟着他的是一片嘈杂声和被人踩碎了的影子……

晚上，人都散去，小院又陷入了寂静，孤独再一次淹没了爷爷。爷爷坐在炕上，就着几颗花生豆、一根大葱喝酒，喝完一樽的时候，爷爷说："六儿，给爹倒酒。"我赶忙过去替他给爷爷斟了一樽，爷爷看到是我，愣了一下，才又叫着我的小名说："我家红儿也长大了，能给爷爷倒酒了。"他说这话的时候，我看到他的眼里蒙上了一层水雾……

那天，爷爷喝了两壶，当两壶酒喝完的时候，还要喝第三壶，我说："爷爷，别喝了，我陪你说会儿话吧。"爷爷才恋恋不舍地放下酒樽。我想，累了好几天的爷爷，喝了两壶酒，头一挨枕头，那呼噜声就该像鼓点一样奏响了，可是，那晚并没有。

深夜，我是被一阵窸窸窣窣的声音弄醒的，清冷的月光照在屋子里，一只大老鼠从锅台上跳到地上，向着堂屋跑去。顺着老鼠跑去的方向，我看到爷爷坐在那里，一动不动，像一尊石像，他的面前是奶奶的牌位，奶奶唯一的一张照片就挂在那里，爷爷根本看不清奶奶的样子，但那并不重要。我听不到爷爷说什么，但我想，他一定有好多话跟奶奶交代。五姑出嫁后，他也这么坐着，他有什么不顺心的事也这么坐着，他有高兴的事也这么坐着。他一定觉得，只要奶奶的牌位和照片在，奶奶就活着，那里，就是爷爷的一个出口。

可，那个出口能收留爷爷的一些，却收留不了另一些。实实在在的孤独，总像是长势凶猛的树冠，要遮住太阳，也像爷爷的心脏病，什么时候梗塞，由不得人。爷爷的夜晚，好歹有我的陪伴，可我知道，我不是姑姑，也更代替不了奶奶。

爷爷还喝酒，喝烧酒，一天不落地喝。爷爷是在用烧酒腌制一缸咸菜，本以为孤独像晒干了的咸菜，不想它越泡越大。爷爷也有喝醉的时候，那次爷爷真喝醉了。

那天，是生产队解散的日子，跟了他多年的牲口都被分散在村民家里。当最后的那匹叫黑子的骡子被三小爹牵走的时候，爷爷靠在马厩的柱子上，像被抽去水分的一株高粱，蔫儿了。夕阳濡染了半边天，也铺在了爷爷的脸上，爷爷的脸蜡黄蜡黄的，没有一点血色，像得了一场大病。干了一辈子饲养员的爷爷，牲口就是他的孩子，也是他缓解孤独的一剂药，如今，连星星都散了，他接下来的日子更接近黑夜了。

不知什么时候，爷爷坐在了马厩旁喝起酒来，这次，他没有用酒樽，也没有就大葱，拿起酒壶对着嘴"咕咚"一声，多半壶就落肚了，就像大热天他从地里回来渴极了喝冷水一样。不喝的时候就呆呆坐着，一动不动，就像马厩前的那根拴牲口的柱子。他的眼浑浊沧桑，像村边龟裂多年的汾河，蓄着一摊浊流。他停停歇歇地喝着，直到把他放在马房里的那一缸酒喝完，后来，他是被村里的人抬回家的，回家后，吐了个底儿朝天，睡了一整天才醒来。

爷爷是想用醉来麻痹孤独，可孤独依然是暗夜里举着的灯盏。

爷爷的孤独，伴随着奶奶的去世、小姑的出嫁、牲口的解散，就变成了一口干枯了的深不见底的井。

后来，他得了心脏病，村里的医生说不让他喝酒，爹劝不住，姑也劝不住，他还喝，固执地喝。也许，一颗浸泡在孤独里的心，需要酒的腌制，才能把烟火支撑下来。或许，只有喝酒可以帮他缓解内心的孤独、忧伤和撕扯感，但更多的时候我看见爷爷唉声叹气、辗转反侧的。

接下来，爷爷白天就守着他的田地、他的庄稼，夜晚，热烘烘的炕也冷寂了，只有我陪着爷爷。煤油灯换成了电灯，是亮堂了许多，可爷爷的心再阔亮，也藏不住孤独了，它就像灯盏一样挂在爷爷的夜里，本来言短的爷爷就更没话了。

后来，我上了师范，弟妹也在外求学，夜晚，一盘大炕上就只有爷爷一个人。我想，夕阳坠下去的时候，陪伴他的只有烧酒了。我还没毕业的时候，爷爷就得心脏病去世了，村里的人说，爷爷是喝酒死的。可我知道，并不都是，孤独比酒更能让一颗心过早地凋落。

多少年后，当我看到爹喝酒的时候，总是想起了爷爷。想起爷爷的时候，我就斟一樽酒放在爷爷的牌位前，我看到，在爷爷沧桑的脸上，笑容从麦茬儿一样的胡须间绽开，还漾着沁人的酒香……

母亲的三月

母亲坐在院子里，佝着背，埋着头，眼睛盯着手，手不停地忙活着，她脚下是刚从地里挖回来的茵陈。三月的阳光，和煦温暖，照在母亲的身上，把母亲的白发镀上了光亮，她手里的茵陈像一朵打蔫儿的菊花，根部的尘土荡了起来，尘粒显得无比清晰。母亲的手指渐渐染成了土色。

母亲此刻是在挑拣茵陈。她专注投入、一丝不苟，唯恐落下一片腐叶，唯恐掺杂进去一根草。她要把一部分做蒸饭，拌凉菜，剩余的洗净晾干，当茶喝。整整一个三月，她都在为茵陈忙活着。

她做这一切是为她唯一的儿子。我弟弟肝不好。

妹妹从药店买回茵陈，让弟弟泡水喝。母亲看到说，那不就是白蒿吗？乡下叫茵陈为白蒿。从此，母亲与茵陈的关系一下子密不可分了，它种在母亲心里，在春暖花开的三月时就生根发芽，茂盛地长出来。以后的每年三月，挖茵陈、挑茵陈、做茵陈饭就成了母亲的头等大事。

母亲的三月，被茵陈填得满满当当。

阳春三月，天高阳满、万物复苏，家乡田间地头、沟沿河渠，就会长出茵陈。它叶为白绿，形似菊花，匍匐于地，混于杂草之中。这时，母亲就会拿了小铲，带了塑料袋，急急火火地奔向田里，四下里寻找。快70岁的母亲，走起路来，后面总是带着一股风，我一直把母亲当作是一棵树，一棵永远挺立着的树。

可是，当看到母亲手里提着两袋茵陈回来时，我不这样想了。她背虽不佝偻，但看上去有些吃力，仿佛一下子矮下去很多，我突然感到她老了。岁月拿走了母亲的青春，包括她的身材。

我劝她，在药店买点就行了，何苦受那个罪？她说，哪有地里的新鲜。我劝她，挖点就够了，没必要天天去，她说，你懂啥？三月茵陈四月蒿，过了五月当柴烧。我无话，总觉她太固执，她一贯这样。记忆里，她认定的事，十头牛都拉不回来。她很强势，总是咄咄逼人，不管对不对，从不肯听谁的一句半句，年轻时是这样，老了，这锋芒也不曾收敛。

某一日，父亲给我打来电话说母亲挖茵陈把腰扭了，疼得地都下不了。等我赶回去后，弟弟已经带她看过医生了。一进门，就看到母亲侧躺在炕上，一手按着腰，看到我，要挣扎着起来，可刚一动，就疼得"哎哟"叫了一声。我本来要说都是挖茵陈惹的祸，可话刚一出口，就被她呛了回来："我挖我的，碍你啥事了？"然后对站在一旁的弟弟说："再不喝，我就都倒了。"接着，她就开始数落弟弟。

母亲就是这样，即使是爱，也这样咄咄逼人。以前，我并不太理解她，总觉她太强势，有时，免不了"呛"她几句。可，那一瞬间，我突然明白了，她爱着我们，以她自己的方式。

等腰好了的时候，母亲就又一头扎进"茵陈"里了。

挖茵陈，只是完成了第一步，挑拣茵陈才叫琐碎。根部的一些尘土碎毛，都要拣干净，老叶、黄叶、腐叶都要一根根择掉，一小袋得耗费好长时间。母亲戴上老花镜，搬个凳子，一忙就是一下午。每次挑拣完了，她都艰难地站起来，双手搭在腰间，揉着腰，然后，摘下老花镜，揉揉眼，去完成下一道工序。

做蒸饭。母亲把挑拣好的茵陈，切碎、拌面、蒸熟，然后用鸡蛋大葱炒了吃。炒好后，就吆喝弟弟来吃，如果来得迟了，她就又开始絮叨："别磨蹭，赶紧吃，凉了胃能受得了？"然后，不管我们喜不喜欢吃，都得吃，说什么，这东西好，有病治病，没病当养。我拗不过，就象征性地扒拉几口，她看到，就又嚷嚷开了："怎么，比药还难吃？"直到你全部吃下为止。没办法，遇到这样强势的母亲，硬着头皮也得吃完。

更多的茵陈被母亲放在大笸箩里，摊开，在阳光下晾晒。等都干透，母亲便把它们放在塑料袋里储存起来。

在以后没茵陈可挖的日子里，茵陈也顽固地长在母亲的生活里。母亲天天要把茵陈用水煮沸，然后，调了蜂蜜，或者煮了大枣，让弟弟喝。喝，必须喝，由不得说不，也由不得你皱眉。你试试，她会嚷嚷你，弟弟不想听她嚷嚷，就喝，就天天喝。

我不知道到底有没有用，但一年后，弟弟去检查，肝正常了。当然，也有药物的作用。

茵陈，小时候，在地里随处可见，永远一副匍匐的低矮姿态，并不起眼，也并不知道它有这般功能，更没想到，在母亲的后半生，它成为一个极其重要的词语，一直长在母亲的心里，盘踞在母亲的生活中。

母亲是把它种在心里了，一刻也没有忘记。前年，三月三，母亲的生日，我们在酒店吃过饭后，妹妹开车拉母亲和我去湿地公园，陪母亲转转。累了,我们坐在椅子上休息,我和妹妹聊天,一转眼,却不见了母亲,我们四下里找。突然,妹妹指着远处的土坡说:妈在那里!

我顺着她手指的方向望去,土坡上绿油油一片,母亲蹲着草里,埋着头,手在不停地忙活着。妹妹说:"她准是又在挖茵陈了。"

是呀,再没有什么比茵陈更能占据母亲的心了,或者,它就是一朵花,在母亲的心里常开不败。

三月,家乡土地上,茵陈贴着地面,匍匐着。只要它们在,母亲的三月就有意义,母亲的日子就有意义,母亲的希望就会一直茂盛着。

当又一个三月到来,茵陈又绿时,我知道,母亲又该忙碌了。

外婆,下辈子你要走成风景

我记忆中的外婆不像女人,更像男人。

都说女人是水做的,那自然该有水的秉性:柔软、温婉。可是如果寒冷从四面八方袭来,水还会成为水吗?外婆,就是冰天雪地里被凝固的一滴水。

在那个年代,地主出身的外婆到了结婚的年龄仍然嫁不出去,后来,外公娶了外婆。外婆总算有了一个家。

然而,这个家,让外婆脱离了一种苦难的同时,又陷入了另一种苦难;这种苦难,不但耗干了外婆脸上的水色,还在一点点地剥夺着外婆作为女人的一切。

停不下来的生育,像洪水一样涌进了外婆的生活,在锄头和镰刀之间,在灶台和田地之间,外婆以勤劳的姿态,硬是从春天耕到了秋天。

三个舅舅、三个姨姨,还有我的母亲,在三间简陋的土坯房里嗷嗷待哺,外婆用一个女人柔弱的肩膀撑起了一把伞,尽管这伞四面漏风,但外婆的肩膀坚强地挺着,男人一样,甚至比男人更坚强,硬是把他们一个个拉扯成人。

在吃了上顿愁下顿的岁月里,在生活琐碎的辗转里,外婆早已忘记了自己是一个女人,放下扫帚拿簸箕的手是无暇匀一些时间给自己的。从青丝到白发,她最美的红颜,都消失在了苦难的岁月里。

我没见过年轻时候的外婆,中年的外婆算不上好看,但一定不难看。

国字脸,小眼睛,一头齐耳短发朝后梳着,两边用两个卡子别在耳后,看上去蛮精神。

只是,我记忆里的她,永远是一身灰色或者土色的粗布衣服,还时不时地安插几块补丁。从没搽过一瓶雪花膏,也从没见她穿过颜色鲜亮的衣裤。这一点,我一直很疑惑。是外婆不喜欢亮色,还是外婆觉得鲜亮的颜色点不亮灰色的日子,或者洁白的雪花膏掩盖不住生活的愁容?

外婆压根就抽不出时间考虑这些。衣服对于那时的她仅仅是遮羞蔽体的工具。即使是一朵花,也会被那些日子衬得土扑扑的,毫无光泽。一想到外婆苦难的过去,回忆就被一层灰色笼着,铁块一样,沉沉地压在我的胸口上。

外婆不识字,甚至写不好自己的名字,但却能打得一手好算盘。她对数字的记忆和运算常令我吃惊。这跟她的家庭有关,十几岁的外婆就替父亲掌管账本,外婆打算盘的速度就此练就。

也许,外婆的头脑里天生就密集着经商的细胞,只是当时没有那样的机会。我的三个舅舅现在都在做生意,在村子里也算是响当当的人物了。这一切,跟遗传有关,跟外婆的教育有关。

生活的苦难,让外婆变得干脆利落、泼辣能干。在那个填不饱肚子的岁月,外婆变着法子让一家人不至于挨饿。外婆把挖来的野菜洗洗剁剁，就是一碟可口的凉菜；把绿绿的榆钱跟面一搅拌，就是一笼喷喷香的榆钱饭。一件穿破的衣服，里外一换，就是一件崭新的衣服；几块废旧的破布，用糨糊一粘，太阳底下一晒，就是硬邦邦的鞋底。

　　破旧的风箱吱吱叫，大锅的热气呼呼响，一团一团的热气里，外婆进进出出，忙忙碌碌。麻利的动作，在叮叮当当的声音里，像一股股风一样，让我眼花缭乱。总会让我感到外婆仿佛要去奔赴一场战斗。

　　有时，我想，也许外婆天生本不是如此急躁，也该有女人的优雅，是生活让她丢了优雅。那个社会、那种环境，是不会在一个农村妇女的身上滋生优雅的。泼辣比优雅，对于外婆有着更为直接的益处，它看得见，摸得着，能当饭吃，能抚慰他们干瘪的胃，能喂饱他们的家。

　　风里来，雨里去，外婆的泼辣，换来了一分一分的公分，可是，外婆却要付出一脸一脸的水色。

　　管理一个人口众多的家，是需要一些威严的。外婆不怒自威的神色，是不需要做过多的伪饰的，那是一种长在骨子里的东西。我就不止一次地看到一家人小心翼翼地伺候着那张脸，除了惧怕，更多的是敬重。一个大字不识的妇女，能有这样的威严，也不能不算是一种本事。

　　有一次，最小的舅舅不小心打碎一个暖水瓶，却遭来外婆的一顿打骂，看到外婆咬牙切齿的样子，怎么看都不像个女人，我真怀疑那不是她亲生的孩子。

　　生活的重压让外婆从外在上失去了温柔和爱，但，她内心里对她的子女藏着无以计算的爱，只是这种爱被沉重的生活压在了最

第六辑　母亲的三月　·215·

深处。

一盘土炕。一块油布。一个佝偻着背的外婆。在蒸腾起来的大片烟雾里，咳嗽声飘来荡去。

外婆一生都在抽烟，最终还是烟把她杀了。长期的烟雾，已经染黑了她的肺，并以尽可能快的速度侵入她的全身。

她咳嗽，吐痰，并大口大口地喘气，子女们劝："妈，别抽了！"

"我都快死了，还不能让我安心！"她一只手压着胃部，一只手夹着烟，头上是大颗大颗的汗珠。

她到死总归也不肯弃了烟。也许烟在外婆无助时慰藉过她的精神，也许在痛苦时舔舐过她的泪水。

弥留之际的外婆，也没能忘记为儿女们计算。把省吃俭用的积蓄拿了出来，一部分留作出殡的费用，剩余的都做了分配，计算得详细具体，分配得合情合理。精明能干的外婆，一生都在为儿女们打着算盘，唯独没有为自己打过算盘。

癌症，没能为一个男人一样的女人网开一面。静躺在灵柩里的外婆，穿着大红的寿衣，十月微弱的阳光照在她身上。在一片光里，外婆像一位待嫁的少女，去赴她的又一次宿命。

我只是想说：外婆，你一路走好！下辈子一定要走成一处风景。

我的婆婆

黄昏。一轮夕阳。空旷的天空做了它的背景，看上去薄凉而沧桑，软塌塌地悬在空中，微弱的光晕勾勒成天边的一抹孤独，尽管凄凉，但光依然幽幽地濡染着大地。

我的婆婆，就如黄昏中的那一轮夕阳……

76岁的婆婆，生活让她的背过早地佝偻，弯曲成一张弓，松松垮垮的皮肤挂在脸上，皱纹的褶子里零零星星地点缀着老年斑，上面的牙齿几乎掉光，上嘴唇的皮肤皱皱巴巴紧缩在一起，岁月把她脸上的水分几乎抽干。消瘦的身材、蹒跚的步履，让人很容易想到了"风烛残年"这个词，想到了当风抖动的叶子，想到风中的蜡烛。

婆婆老了。老了的婆婆，几乎没了一点中年的影子。中年的婆婆全不是这样。论起外貌，婆婆是村人眼里俊俏的女人，这些褒奖婆婆的话语，时不时地通过熟人传入我的耳中。我对婆婆的认识始于她50岁，至于她的以前，我的视线是伸不进去的。但我想，那些岁月一定是光鲜亮丽的。

婆婆身材小巧，说话慢声细语，性格随和，这多年我很少见她生气。即使是生气，也全没了农村妇女的大喊大叫，她一旦生气，那可是真正地生气了，可以几天不说一句话，直到气消为止，我想，一般女人是憋不住的。她善于用一种沉默制造一种力量，这种力量能置一家人于小心翼翼中。这种本事不是谁都具备，起码，我是学不来的。

如今，婆婆如花的容颜早已没了水色，像一张皱皱巴巴的纸张，上面洒满了斑点，身体孱弱，仿佛来一股风，就能将她吹走。岁月真是一把刀！

公公是一个能干的人，在很早的时候，就买了大车跑客运，本来该有殷实的家业，该让婆婆活得更像个女人。然，天有不测风云，人有旦夕祸福，噩运像埋在生活里的地雷，不知什么时候就会被突然引爆。公公在检修车的时候，被重物砸在腰上，从此全身瘫痪。整个家一夜之间也瘫痪了：家徒四壁、一贫如洗，还欠了好多外债，五个子女只有两个成家，先生当时刚参加工作。照顾公公、照顾家的重任，就落在了婆婆的肩上。

瘦小的婆婆，用她的坚强和韧劲儿，用她的爱，十几年如一日伺候着公公。十几年，那是多少个日日夜夜呀，多少劳累琐碎。难以想象的是，遇到孩子们不在时，婆婆怎样用她瘦弱的手去挪动体重不轻的公公？有时，长期在家的公公还要发一顿脾气，这些，婆婆都默默地承受着，从没听过她抱怨过什么。后来，公公去世了，公公的去世在某种程度上对婆婆是一种解脱，本该解脱的婆婆却没松口气，而是把她的爱转到了她的孙子孙女身上。

失去老伴的婆婆，一下子老了许多，那时，烦琐的生活，让我根本无暇顾及婆婆的孤独。或者，生活的艰苦，剥夺了婆婆考虑自己的时间，但在偶尔的闲暇里，它一定会吞噬婆婆的心。

劳累一生的婆婆，如今，儿孙满堂，本该享几天清福了，可岁月偏偏又让孤独的她雪上加霜，老年痴呆，让她的言谈举止天真得像个孩子。

去年，婆婆来我家过年，前两天还好，只要有人陪说话就行，但第三天开始就坐卧不安，吵着闹着要回老家，像个不懂事的小孩。先生陪着她在公园逛了好长时间，算是安稳了一个下午。但天一黑，就又开始吵闹着要回家。

"天黑啦，怎么回？明天咱们一起回。"我只能一遍又一遍地哄着她。

"拿个手电筒就看见了。"婆婆说。女儿禁不住捧腹。平遥、榆次开车也得两个小时。

黑色的夜空里噼噼啪啪燃起了烟火，寂静的空气中传来了阵阵鞭炮声。

婆婆说："咱村赶会，人们这么早就开始占地方了。"村里赶会时，小商小贩天不亮就开始搭棚，或者支起摊位。村里人管这叫"占地方"。

过了一会儿，婆婆就拿着一杯喝剩的水径直走向阳台上，我知道婆婆是把阳台当成了老家的院子了，准备把杯子里的水倒掉，我赶忙制止，不然，木地板就该遭殃了。

这样折腾了两个小时，婆婆依然闹着要回家，还把所有的衣服床单都包裹好，摆下一副非回不可的架势，那种执拗劲儿，就像个不懂事的孩子。

我实在精疲力尽了，只好趁机去找先生求救。

先生一进家门，婆婆就嚷开了："快送我回家。"眼睛里几乎是哀求。

"妈，我去一下厕所就送你。"

先生在厕所里蹲了足足有半个小时。

第六辑　母亲的三月　·219·

半个小时后,先生捂着肚子,一副疼得受不了的样子,我正要问原因,看到他直向我挤眼,我恍然大悟,赶紧说:"妈,你家儿子肚子疼成那样,怎么去送你,好好睡觉,明天咱们一起回。"

这招儿还真灵,婆婆像个听话的孩子,回屋了。但一会儿又折回来,好像记起什么,对着先生说:"多喝点开水。"一直看着他喝完,才放心地回屋睡觉去了。

循环重复在婆婆的身上上演,满脸褶子的婆婆,却拥有一颗孩童的心。老年痴呆,像一块橡皮,擦去了婆婆作为成年人的一切记忆。思维混乱的婆婆,犹如一张干净的白纸,一切又回到最初。

意识不清、思想混沌的婆婆,不认识我,也不认识我的女儿,但却认识她的儿子,并能准确地叫出名字。婆婆已经把她的每个儿女种在心里,刻在骨头上,即便屏蔽了整个世界,删除了所有的记忆,她心里依然镌刻着那些熟悉的名字,依然装着那些独一无二的模样。

婆婆的思维黑暗了,意识黑暗了,但她的心里总有一盏灯亮着,这盏灯一直照着给她的儿女。

辣事

秋天一到，辣椒就登场了。

你看，它们被时间削得尖尖的，被季节染得红红的，多喜庆，多热闹。秋天的质感，都被它们撑得饱满了。它们是要在冬单调的底色上，舞出自己的热烈，然后，让冷败下来的。

这时，母亲就开始她的各种辣事。

枝条上的辣椒，红灯笼一样，这里一个，那里一个。母亲弯腰一个个摘，一个个放，那些辣椒，瞬间躺在篮子里，一个叠着一个，一个压着一个，像画家笔下堆积在一起的色彩，浓得仿佛要撑破纸张。一篮子的色彩，一篮子的红，一篮子的生活，看着它们，我仿佛听到生活的热烈和澎湃之声。

院子也被辣椒染成了红色。地上、笸箩里、瓦片上，一片一片，一簇一簇，红彤彤、辣艳艳。我总觉，它们是一些被贴在土地上的剪纸，要给灰扑扑的生活，绚烂出一些喜庆和光泽。它们也是姑姑种在院子里的花圃，要散发一些香气，冲淡一些粗劣。

阳光下，母亲坐在一堆辣椒旁，辣椒红红的，衬着母亲的脸。

母亲手里拿着麻线。我手里拿着整理好的四五个辣椒，把柄伸入扣里，母亲轻轻用力，辣椒就紧紧地系牢，那些辣椒，像憋足了劲儿要绽放的花，刷拉拉就开出了瓣。一朵一朵，一圈一圈，有秩序地排列开来。不久，就变成一个圆柱形的红灯笼。母亲就喊父亲，父亲就急急赶来，搬梯，钉钉子，把它们挂在了屋檐下的墙壁上。

那时，母亲多年轻啊，还没有一根白头发，脸也泛着辣椒般的红润。动作麻利，说话麻利，像一个水气十足的红辣椒。

我蹲在那辣椒旁边，看它们。觉得它们多像女人啊！从韶华到老年，从一脸水色到满身暮气。亲睹饱满到干瘪的过程和细节是伤感的。可有时，并不，你看它们满脸皱纹了。满脸了！褶子，像波浪，细细碎碎，一个撵着一个；皱纹，似地图，七扭八拐，一条牵着一条。可，都这岁数了，红还不减，色还不退。我就觉得它们了不起，我就谦卑，就诚服于这种红，这种红着的心态了。

很多时候，我们败给的不是年龄，而是心态。

在忙地里、院子里的辣事时，辣椒已在母亲的灶台上气象万千、摇曳生姿了。

炒，各种炒。剁碎了炒，切成环炒，配了白菜炒，配了酸菜炒，跟土豆炒，跟豆腐炒，和粉条炒……火苗舔着锅底，油在锅里冒着烟，母亲放几颗花椒，放一些葱蒜，撒一些盐，青的红的辣椒，在锅里滋滋啦啦，噼噼啪啪。滴几滴酱油，倒一些醋，一盘辣椒就炒就。红的绿的白的，赏心悦目；酸的辣的香的，垂涎欲滴。我尤喜这口儿，夹到馍里吃，极好！拌到面条里吃，也不赖。

等到辣椒最后一滴水都被时间拿走时，大雪就翩然而至。母亲的辣事还在继续。

辣椒还炒。母亲先把晒干的辣椒取下，用了湿布擦净灰尘，一把剪刀，唰唰唰，一个辣椒，成几条，辣椒籽，纷纷落。母亲在院子里，燃一堆柴火，架一口锅，锅里放一些油，干干的辣椒，仿若红红的裙，在锅里蹦蹦跳跳，欢喜地舞。辣味、香味，在空气里缠绵、氤氲、蔓延。母亲和辣椒交换着彼此的气息，一院子都是，辣椒的气息，母亲的气息。

接下来是捣辣。工具是铁质的罐，铁质的锤。炒好的辣椒放罐里，一锤一锤捣，一下一下磨，直至成粒、成沫。最后是捣辣椒籽，橘红的籽，喷喷香。我总觉，辣椒的香凝在籽上，辣聚在身上。

一盆红，半盆橘红，在冬天里妖娆，一点一点，把冬天摇到骨子里都发软。然后，跟我们的味觉一起缠绵。

往事浓淡，生活悲喜，皆在这辣里。

这辣事，有我童年的影子、生活的底色和母亲的气息。

母亲煨在她的辣事里，我的胃口也被煨着，渐渐习惯了被辣腌制的感觉。我的一日三餐里不能少了这辣，少了，我的胃会提出抗议，食欲也会削减。有时，我想，我的这种喝冷水都长肉的体质，会不会跟这些辣有着直接的原因？

我总觉，辣，这个字，往那里一放，自带颜色，也自带气势，似火燃烧，也像烧开的一锅水，那些火焰和热气刷刷地冒，纷纷地扬。

没有生活底气的人，是不敢接近它的。

有些东西是会遗传，比如，我遗传了母亲的许多，包括喜辣，嗜辣，还有那永也不嫌烦的碎碎的、琐琐的辣事。

节气一到立冬，母亲就会打来电话，说，红儿，辣椒捣好了。

因为辣椒，我尤喜冬天。

我喜面食，也因为辣椒。一碗面，总要拌上红红的辣椒，红红的，几乎要盖住面的白。这样多好，又有色又有味，又艳丽又有内涵。

这辣，当然不是市面上随便买来的，是母亲亲自捣碎的。我延续着母亲的做法，要用油和葱把它炒。炒好的辣椒，又黏稠又湿润，有葱的香，油的香。这香上叠着香，辣里漫着香，不好吃才怪呢。

蘸片儿，是我家乡的一种名吃。片儿，是面片儿，长方形条，薄如纸；蘸，是蘸调料，西红柿酱、醋调料、羊肉调料、虾酱调料等。但我最喜欢的还是酸菜辣椒调料。这酸菜，是母亲用芥菜腌制的，炒了辣椒，蘸了面片儿来吃。多少年来，我一直贪恋这口儿，贪恋。

因为辣，我喜欢吃湘菜和川菜，尤喜火锅。大冬天，外面雪花飘扬，一锅的朝天椒，腾腾的热气，细细的汗珠，满肚子的高潮，满嘴的火辣。像一些燃放的鞭炮，噼里啪啦引爆一些欢乐。寒气和冷气在辣面前都会止步。止步。

我爱这辣的浓郁，热烈，还有斑斓。素日里，守着一碗面，守着母亲的辣，什么宴席都不愿吃了。

生的欢喜，便在这一日三餐里，守着母亲的辣。在怀想里，我仿佛听到母亲的电话：

红儿，辣椒炒好了。

有这声音，我便温暖。

干练

干练,两个字,往那里一站,是气贯长虹,是势如破竹,是"四弦一声如裂帛"的厉,是"曲终收拨当心画"的韵。即使是风,也不是春风的柔、夏风的燥,而是秋风扫落叶的势、冬风吹破一切的冽。

汉蔡邕《太傅安乐乡文恭侯胡公碑》有言:"干练机事,绸缪枢极。"《现代汉语词典》有这样的解释:精明,有才干,有经验,干脆,利索,睿智,有条理。

可见,干练,是一堆光亮的词语搭建而成的骨架,一个干练的人,是有骨头的,是有个性的,是一群鸡里的鹤,是万绿丛中的红。再波浪壮阔的人群也不会淹没,再气势凶猛的浪头也不会打翻。一个干练的人,是有着松的气度、山的坚定,也有着海的气场、原的视野。

一个干练的人,绝不会含含糊糊、潦潦草草,更不会优柔寡断、举棋不定、拖泥带水。

有人说,干练,于男人来说是阳刚,于女人来说是缺点。女人,还是阳春白雪、小桥流水、柔一些、软一些要好,其实,非也。鲁迅《华盖集续编》是这样赞叹刘和珍君的:"我目睹中国女子的办事,是始于去年的,虽然是少数,但看那干练坚决、百折不回的气概,曾经屡次为之感叹。"

女人还是要干练的,否则那半边天都让男人来撑,岂不显得寡而无味?

鲁迅笔下那样干练的女子,我认识的,当数李书记了。她永远是一头短发、一身职业装,简洁干练,就连眼睛里的光都笔直犀利,带着不容置否的气韵。最干练的是她的讲话,于丹风格,演讲腔调,总是用最短的话表达最长的意思,用最生动的语言表达最深奥的道理,或者用生物的术语名词解释工作概念。字正腔圆,掷地有声,没有重复,没有拐弯,也没有云里雾里、山重水复的感觉,听着,总会让你想到清晨的空气、雨后的天空,还有小葱拌豆腐。

外表干练、讲话干练的女子,工作也肯定干练。学校在艰难之时,她没逃避,挺身而出,勇挑重担,跟校长一起接着,干得风生水起、有声有色,创下近几年高中考新高。

这样的干练,是有着金子般的光泽的,这光泽,是有着旗帜的作用的。

人家说,浓缩的都是精品,这话,还不能不信。杜老师就是瘦瘦小小、精精干干的一个女子。瘦小的女子,蕴含的能量是一座矿山,爆发出来,就是温暖而强大的气场,就连走路也是噔噔噔,身后总跟着一股风。这样的女子,简洁干练,开会三言两语,干脆利落,不装腔作势。干练的女子总是懂得付出,早来迟走,吃苦受累,工作不急不躁,井井有条。总认为干练的女子,果断的成分多了,细腻的细胞就会少,可,她却不,对长者知道尊重,对年轻者懂得调动。小到排课、监考,都会征求长者的意见。

这样的干练,是有着阳光般的温暖,这温暖,是有着春风的温度的。

我也欣赏性格干练的女子，程就是这样的女子。直来直去、干脆利落，走路是，做事是，做人也是。这样的女子是缺少了玉的圆润，但却有着玉的通透。也许，刚靠近时感觉冷，可久了就觉出好，是真好，那种好，是朋友式的，是亲人般的。不藏着掖着，不口蜜腹剑。这样干练的女子，她是阳光，春天的，不是夏天的，你不用担心会突然响起雷声，会骤然下起大雨，你也不用备伞。这样的女子，是出淤泥而不染的荷，是凌寒绽放的梅，也是俗世里的一朵菊，是《红楼梦》结尾描述的：白茫茫，大地真干净。干净，像干练一样的干净。这样不精于阿谀、不屑于逢迎的女子，自然把心思都花在学生身上，在教育的沃土里不开成艳艳的花才怪。

这样的女子，是有着刚直的脊梁，这脊梁，如果多些，一中会更好，社会会更好。

我也见过外表不够干练但骨子里干练的人，这种人是具备了金子的光泽、太阳的温度的，侯校长就是这样的一位。

他有着跟郝校长一样的平易近人，有着任老师、李老师的和善。他走进校园，有着邻家大叔的亲切；到了办公室，有跟同事聊天的感觉。这样慈眉善目、平易近人的领导，本身就是一块磁铁，同样有着太阳般强大的气场，会吸引一些努力，会吸引一些奉献，也会吸引一些正直和善良。

但，他干练，雷厉风行的干练。

讲话干练。他讲话，是冬天里只有枝干的树，是一个剪掉枝叶的句子。教师会上，三言两语，简洁明了；学生会上，分条列项，讲的是他上任要做什么、老师要做什么、学生要做什么。干脆利落，精简得没有修饰，也省却了润色，更没有花里胡哨的前奏和尾声。

凤头、豹尾，是干练的风格和精髓。

　　做事干练。世界上最难的是说到做到，可他做到了。他说，要改善食堂，食堂就真的改善了。那天，教师群里晒出几张图片：温馨卫生的就餐环境、丰富多样的午餐，温馨淡雅，浪漫而颇有情调。当同事说是教师食堂时，我做吃惊状：不可能吧？才说一个多月，这么神速？那一瞬间，我想到了"干练"这个词。干练，大概就长这个样子吧！有教师说，你瞧瞧，这速度，塑胶操场不是梦想了。最近，又听说在建地下停车场，用不了多久，我们的车也不用风吹日晒、沐雪淋雨的了。

　　当我敲字到这里时，我仿佛看到"干练"这两个字了，它正从文字中走来，走成了一中的骨架、民族的骨架！

　　我喜欢干练，即使我成不了干练，也不做墙头随风的草、附树攀缘的藤；即使是水，也是一江春水，再最黑的夜里，也知道明天的方向。

第七辑
Chapter · 07

停不下的爱

牵手

（一）

上学放学的路上，我常能见着这样一对母女。

母亲30多岁，烫一头波浪卷，穿一双高跟鞋，走路噔噔噔，身后总跟着一股风。女孩八九岁，穿一身绿校服，扎一根马尾辫。有一个大书包，但，不背，都是女人提着。女人的另一只手，牵着女孩的手。

女人的手粗糙，像凹凸不平的手套。女孩的手细嫩，像雪白雪白的萝卜。

女人总是火急火燎的样子，好像是有很重要的事情没有做完。小女孩总是紧紧地跟着，唯恐被落下半步。

那天下午，太阳毒辣辣地发着白光，地上像下了火，人挨上去仿佛要被晒化。女人一手牵着小女孩，一手撑着一把遮阳伞，臂弯里是那个大书包，依然像以前那样，噔噔噔地走。

突然，女人一脚踩空，一个趔趄，坐在地上，伞像一朵落下来的花,在地上打着圈,书包也"扑通"一声掉在了地上。鞋跟也歪在了一边,像蔫巴的茄子耷拉了下来。女人"唉哟"地叫了一声。女孩一脸惊愕,急急去扶女人。

女人站起来,像一根飘飘摇摇的稻草,随时都有倒的可能。女人小心翼翼伸出受伤的腿,试着往前走了一步,"唉哟"一声叫。疼!瞬间,女人脸上肌肉堆起来,堆成了两个小疙瘩,眼里的金星呼呼地往外冒。

女孩说,妈妈疼吗?彤彤给妈妈揉揉。说着把一只小手放在了女人的腿上。

女人愁苦着脸,自言自语说,这下可完了,好不容易找到一份工作,这腿……还有这孩子,谁接送?说完不断地叹着气。

妈妈,妈妈!彤彤都是大人了,以后自己走,说着,还使劲地把身子挺了挺。妈妈的腿也会好的。彤彤长大后,牵妈妈走。

听着孩子的话,我眼睛里热热的。赶紧过去扶住女人,说,叫辆车回去吧。

女人感激地点点头。我扶着女人,向着迎宾街走去,准备去拦一辆出租车。

彤彤把书包背在肩上,把伞收起,两只手紧紧地搂着女人的胳膊,一路上问,妈妈,疼吗?直到女人坐上车才向着学校走去。

我想,女人的腿会好的,即使留下什么后遗症,她的路上有这么温暖的手牵着,也一定会很幸福的。

(二)

春天的风拂在脸上,像母亲的手。阳光也是。这样的日子,去看桃花，最好。

桃花一树一树的，灿灿地开，痴痴地笑。挂在光秃秃的枝干上，就像挂上了许多的小灯笼，日子经它们一照，都咧开嘴来笑。

树下，一对恋人在赏花，手牵手。女孩仰着脸，在看桃花。男孩也仰着脸，看一眼桃花，看一眼女孩，然后，轻轻笑。

他们手牵手，五指环环扣，像一朵含苞欲放的桃花。

女孩仰着的脸，红扑扑的，像一朵落满阳光的桃花。男孩的笑像一阵轻微的风刮来，那朵桃花偏向了男孩。女孩看一眼男孩，又看一眼自己，疑惑地问，笑什么？

男孩看着女孩只管笑，并不答。

女孩一脸娇嗔，从男孩的手掌里抽出手来，抡起小拳头朝着男孩的背上砸过去，重重抬，轻轻落。说，是不是在笑我？不说，我就不理你了。小嘴噘起来，噘成了一个花骨朵儿。

男孩说，我在看树上的花哪一朵是你。

哪一朵是我呢？

每一朵都是你，你就是每一朵。

我才不要你拥有那么朵花呢，只要有我一朵就够了。女孩恼了，像散落的花瓣，悻悻地往前"飘"。

男孩在后面紧紧追，风一样，伸手去拉女孩。可是，女孩一下把男孩的手甩开，像甩满肚子的怨气。

男孩急了，脸涨红，眼睛骨碌碌一转，燃起了亮亮的光，说，满树的桃花朵朵都像你，朵朵开在一起，不就是一朵大桃花吗？你傻啊！你在我心里就是一朵无可取代的大桃花啊！

女孩愣了一下神，几秒后，脸上的乌云散了，随即飘起了两朵红晕，像桃花。

第七辑　停不下的爱

男孩诡秘地一笑，偷偷地。然后，一把捉住了女孩的手，女孩没躲。他们的手又紧紧牵在了一起。

他们的头上，阳光在暖暖地流，白云在缓缓地走。他们的身旁，桃花在一朵一朵地开，像他们开放的爱情。

（三）

傍晚。天空看不见夕阳，只有风在呼呼呼地吹。几片树叶被风拽着蹿上天空，极不情愿地，沙沙叫。

迎宾街上冷冷清清，行人零零散散。

风像刀子一样，左一下，右一下，往我身上砍。我把大衣裹得更紧，围巾围得更严，步子迈得更大，急急地往前赶。

走在我前面的是一对夫妻，60多岁，男的穿一件蓝色的羽绒衣，戴一顶棉帽子，背僵硬、弯曲，像冬天里的一根枯枝。女人穿一件大红的羽绒衣，脖子里围着一条黑色围巾，围巾的一角被风吹着，直往后飘，女人时不时地用手拽一拽。

他们并排着，男人的左手牵了女人的右手，彼此的手上都戴着一双线手套，男的是蓝的，女的是红的，蓝手套牵着红手套，紧紧地，生怕一松开，就会被大风吹跑。

刮来一阵风，强劲有力，一些树叶和灰尘，迎面打来，雨点一样急。男人侧转身，右臂隆成半圆，护住了女人的脸。弯曲的背一下挺直了，像一堵厚实的墙。女人的脸贴着这堵墙，再不怕什么风，也再不怕什么尘。

女人说，这鬼天气，冻死人。说着用手帮男人把领口往上拽了拽。

男人说，老婆子，有我在，怕什么？说着他把女人散乱的头发理了理。

等风过去,他们又走成了一排,蓝手套牵着红手套。蓝色羽绒衣和红色羽绒衣,像两面鼓起来的帆。

路灯次第亮了,像一朵一朵花次第开放,头顶挂起了一长串,一直挂到很远。寒冷的天似乎亮了许多,也暖了许多。

他们不再说话,只默默地走着,从街道的这边向着另一边走去。此时,一切语言都显多余,他们彼此牵着的手已经在传递了语言、爱和各自的需要。相扶相携,彼此取暖,执子之手、与之偕老。

人生有了这牵手,还有什么寒风苦雨可惧?人生有了这牵手,还有什么孤独寂寞可言?紧紧地一握,是依靠;紧紧地一握,是温暖;紧紧地一握,也是力量。

看着他们远去的背影,我突然觉得,他们就是电线杆上的灯泡,高高地亮在街上。有了这灯泡,再冷的路也暖,再黑的天也亮。眼睛不由湿润,耳边就飘来了这样的句子:

世界上最浪漫的事,就是牵你的手,一起慢慢老去!

停不下的爱

阳光明媚的时候，蒲公英婷婷飘举，像一把撑起的小伞，白白的，圆圆的，可爱得很。可是，刮来一股风，好好的一团花，散了。变成小小的花屑，随风飘散。它们好孤独，将飘向哪里呢？全凭风的主宰。

蒲公英的花语是：停不下的爱。

蒲公英的花落了，可是爱还在，这一点，像英。

英是我老公的同事，我的邻居。我们住一个院子。那是一排学校教工宿舍，二层小楼，她住楼上，我住楼下。抬头不见，低头见。她人爽朗、热情，跟我很对脾气，我们渐渐熟络起来，后来，竟成了好友。

那时，英40岁多一点，身体微胖，一头卷发，面色红润，常穿了一双高跟鞋，噔噔噔，从我家门前走过，又噔噔噔地走上楼梯，浑身有使不完的劲。在我听来，那噔噔噔的声音，都是生命的律动，更像一支快乐的歌。

英很爱笑。夏天，院子里的那棵柳树树冠庞大茂密，撑起了一把大伞，阳光照不透。几个女人拿个马扎围在一起，手里拿个线团，拿根针，坐在树的影子里织毛衣。一边织，一边聊，聊着聊着，就笑，咯咯咯的，笑得最响亮的那个准是英。英笑起来的时候，嘴角有两个小酒窝，浅浅的，里面的快乐，满满的，向外流。

英很爱美，也会美。谁说女人骨感才美，关键是眼光要好。英胖，但衣服穿她身上，能穿出大唐的气质，丰腴，富贵，就像一朵绽放的牡丹花。即使是一个发卡，或者是一个胸针，都小巧精致，独特得很。我一脸羡慕，对她说，你从哪里淘来的？这么好！她呵呵一笑，小酒窝浅浅的，说，等你有时间，领你去选。

那时，院子里，常能听到英笑，真好！

后来，她们单位搬迁，我们各自住在了不同的小区。我很少见到她，也很少能听到她的笑声了。只是，在街上或者她的单位，偶尔见到她，每次见了，都欢喜得很，有说不完的话，讲不尽的事。她还是那样乐观，那样咯咯咯地笑，浅浅的酒窝，满满的快乐。

她跟我说，她卖了旧房，买了新房，也解决了她跟丈夫的两地分居，儿子也参加了工作。虽然还有点房贷，可她不怕，三个人挣钱，还愁啥？她的眼睛里溢满了光，虽然，这几年，她的额角飘起了一些白霜，脸上多了几条小河，但精气神儿没丢。那一刻，就觉她的日子，像夏天的植物，看着看着，就要呼呼地往上冒。熬出来了。我替她高兴。

可是，好好的天，一个惊雷，哗啦哗啦地，就下起了雨。好天气没了，好日子一天天往下落，往下落。

英得了重病，尿毒症。怎么会呢？她才刚刚50岁，这日子正呼呼地往上冒，怎么说蔫巴就蔫巴了呢？那楼不是刚装修好吗？她还没好好享受呢！

第七辑　停不下的爱

我赶紧跑到医院去看她。她半躺在床上,手上连着吊瓶。人瘦了许多,脸也憔悴了,卷曲的头发软塌塌地贴在头上,看到我,嘴角勉强地挤出了一丝笑,那两个小酒窝也变成了两条线,暗淡无光,我不忍看,那里都是苦痛和绝望。我感觉她的精神世界坍塌了。我好想告诉她:希望在,梦就在。

可是,在路上准备了一箩筐的话,打了无数次的底稿,几乎都忘光了,忙不迭地说,会好的,会好的!

我知道我这病,活不长了,血管细,难找,找不到,血液透析行不通,就只能腹膜透析。她抬起右胳膊给我看,那里隔一段有一些刀口,像爬着几条蜈蚣,不忍看。她摇摇头,苦笑了下,眼里蒙着一层雾,有东西止不住要往下落。

她的丈夫赶紧说,瞎说什么,科学这么发达,癌症都能治好,你会好起来的。

我握着她的手说,就是!就是!好好治,一定能治好的。

她又摇头,又苦笑。说,不治了,白扔钱,房贷还得还。孩子大了,要结婚,用钱的地方多。这一天天地,白花花的银子哗啦哗啦地,要溜走多少啊。

又过了几个月,她给我打电话,说,她儿子要结婚了。我那几天出差,没能参加。先生回来说,她更瘦了,纤弱得像根草,随时来一股风就能把她吹倒。我知道,她是咬紧牙关,硬挺着。有人说,她自己都像一块软泥了,硬用几根骨头撑着,跑上跑下,买东买西,床单被罩、牙刷脸盆,样样都要操心,事事都放不下,就是一个操心的命。

我晓得,她着急,怕赶不上。

我最后一次见到她,是在她家里。那是一个140平方米的家,装潢典雅，布置温馨。实木家具，精致沙发，包括一盆花，一个挂件，每一样都有品位，就像英。屋子里干干净净，清清爽爽。他儿子儿媳在外地工作，而这一切，都是英干的，只要有一口气，但凡能动，英就会干。她就这性格。

英整个身子倚在沙发上，她比一年前更瘦了，脸蜡黄蜡黄的，像一片抽干水分的树叶。头发越发地稀疏，像光秃秃的田里散落的几根枯草，只一眼，我感觉我眼里就噙满了水，再不管，就要一颗一颗地往下落，我赶紧掉转头。看我这样，她笑笑，虽没有咯咯咯，但两个小酒窝又挂在了嘴边，浅浅的，看不出有多悲凉！她指着身上的衣服说，看，又宽了。又说，她这几天，什么也吃不下。不过，这有什么，人总归都要走这一步，早晚的事。

我说，不是能换肾吗？咱可以试试啊？她摇头，说，不能白扔钱，不如省下，给儿子。

她都气息奄奄了，还想着儿子，挂着家。

没过了多久，她生命的树上，最后的一片叶子也落了，落了，都落尽了。只剩下，光秃秃的枝干。我想，她的爱还结在树上，一直都在，没有停下来。

第七辑　停不下的爱　·239·

洒爱

我几乎每天都会穿过迎宾街。

遇到沿街的各种房屋,遇到路两旁静立的冬青,遇到疾驰而过的车辆,遇到匆匆赶路的身影,遇到一些男人和女人,遇到一些善良和微笑,也遇到一些不幸和苦难。

我常常会遇到乞丐。他们或是女人或是男人,或者健康或者残疾。他们就像是一些落叶,散落在迎宾街上,看到,不由心生怜悯。

他每天出现在校门口附近,上学前,下学后。

他40多岁,脸上落满灰尘,黑乎乎,像刚从垃圾堆里出来一般,散发出一股股令人掩鼻的气味。头发乱蓬蓬的,像枯草。

他手里握着一个杯子,很破旧,像古代的遗物,里面放着一些面额很小的纸币,皱皱巴巴的,凌凌乱乱的,像一些散开的树叶。每当有人经过的时候,他就会殷切地递上这只杯子,还有可怜巴巴的眼神。

每次看到他,我心一阵痛,潮乎乎的,仿佛被打湿。就连投放纸币时都是匆匆忙忙的,不敢正视他的眼睛,那是两只深深的洞,里面装满了苦难和不幸。

一个学生走过，从书包里拿出一元纸币，轻轻地投到杯子里。他笑。不住地点头感谢。

又一个学生走过，手里攥着一把毛票，轻轻投到杯子里。他笑。不住地点头感谢。

一位老大爷，佝腰驼背，颤颤巍巍，从口袋里摸出一个布包，一层一层地打开，拿出一张一元纸币，投入。他递上了笑。很费劲地点着头，头几乎挨着地面，好久。他抬起头的时候，眼里有东西在滚动。

后来，我在别处时常看到他：商店门口、大楼跟前，另一条街道上、另一群人中。他就像一片落叶，随风到处飘落。

后来，我遇到了好多的乞丐，在迎宾街，在别的街，人多的地方，都会有他们的身影。

那是一对母子。母亲60多岁，个矮，发白，一身破旧的衣裤，脸上的两坨高原红，像开在龟裂土地上的山花，被霜打了一样。儿子20多岁，长得克制，瘦小，单薄。他一双眼睛注视着前方，茫然、空洞，是个盲人。

我想，他们的背后一定有一个故事，有一个凄惨的故事。

母亲推着一个木箱，里面放着音箱，音箱上放着一个木盒，盒子里是一些纸币，零零散散的。儿子左手挽着母亲的胳膊，右手拿着话筒，卖力地唱着。唱的是时下流行的《小苹果》：我是一个小呀小苹果，怎么爱你都不嫌多……

这欢快的歌词，从他的嘴里飘出，滑过母亲佝偻的身上，掉下，碎了。溅起的不是欢快，而是辛酸。

这歌声洒在了街道上，洒在了人群里，就像洒了一些悲凉，人心里不由生出些同情。

我驻足。人们频频回头。目光哗啦啦地转向了这对母子。有猜测，但更多的是同情。众多的眼光聚集到一起就是阳光，就是暖。他们太需要这个了。

一位母亲把正要买菜的手缩了回来，那是五元钱。她快步地走了过去，把钱放进了他们面前的盒子里。

卖包子的老张，三下两下，把一笼热气腾腾的包子放在塑料袋里，匆匆走过去，往母亲怀里一放，就匆匆走回摊点。他的身上冒着热气，一股一股地，像他的包子一样。

前面修路，路面坑坑洼洼，母亲推车显然很吃力，使足了劲，涨红了脸，那两坨高原红更红了，山花一样。嘴里还不住扑哧扑哧喘着气，一个学生，穿着校服，十五六岁的样子，急忙跑上前，和这位母亲一起使劲，车轮得以继续前行。

一路上，我看到儿子不停地鞠躬，我听到儿子不停地说着"谢谢"，这两个字被扩音器膨胀后，在空气里飘啊飘，飘满了整条菜园街。

我很奇怪，这个儿子不是盲人吗？他怎么能看到人们的帮助呢？后来我明白了，爱是有声音的，他看不到它，但能听到。

可是，当有一天，我看到了关于乞丐的报道，看到了他们背后可能隐藏的黑暗，我震惊，甚至后悔。如果真是这样的话，我们的同情和善良又算什么呢？

当我再一次经过他们时，我变得很坦然，或者视而不见。我变得冷酷，连我自己都不认识自己了。

走在我旁边的女儿一脸吃惊，眼睛睁得核桃大，仿佛不认识我似的。我告诉了她那是一个陷阱，是一个圈套。

她反问，他如果不是报道中的那个被利用的人呢？也许我们的这点施舍，会让他享有一顿饱饭，至少，让他感到他没被这个社会抛弃。他也一样需要温暖，需要爱。

我哑然。也惭愧。

面对弱者，面对不幸者，我们该洒下一些爱给他们，让他们享受到阳光的照耀。这个社会，不是有好多播撒爱的人吗？我们的施舍也许给不了他们一个春天，但至少能让他们感到温暖。

这座城市，这座城市的人，一定让他们也感到过温暖，这也许是他们停留的理由之一吧。

秋风萧索、秋意渐浓，天气一天比一天凝重，我知道，冬天就快来了。当冬天来了的时候，他们的春天还会远吗？

我只是想着在迎宾街的路上最好少一些他们的身影。我还希望我的孩子像我这个年龄时走在迎宾路上，再遇不到一个类似的身影。

一只蝴蝶发卡

冬天的风,是跑着进入菜园街的,还带着呼呼的气势。

几片残留的树叶在空气里翻飞。太阳仿佛被风吹薄,光线稀疏而缥缈。天空被冷一下拽得低了下去。

北方的冬天很冷,但生活并没有因此而停下来。

时值下班的高峰期,菜园街上的人来来往往、络绎不绝,步行的、骑车的,都加快了速度,像冬天的风一样迅疾。他们仿佛在躲一场灾难,天自己把自己变成了一场灾难。他们穿得厚厚的,捂得严严的,但这并不影响他们行进的速度。街道两旁的菜铺里,人出出进进,并不显冷清,跟别的季节明显不同的是,那些零散的菜农所剩无几,如残冬的树叶一样,了无生机地杵着。

远处,一个临时搭建的布篷,红红的篷布,像冬天里的一团火,燃烧着,更像是一种召唤,我的脚不由向它靠近。一块大篷布,把三面围了个严实,敞开的一面,像一张嘴,大口大口地吐着白气。白气,一团一团的,像棉花,像云朵。在上空氤氲着、蒸腾着、扩散着,使得里面的人影若隐若现,但经验告诉我:此时,那里面一定一片繁华!

这是一个面皮摊点,一对中年夫妻开的,陕西人。

女人瘦瘦小小、精精干干,头发向后梳着,绾成一个圆圆的髻,发髻的中心缀一只发卡,是一只展翅欲飞的蝴蝶。男人虎头熊背,看上去结结实实。摊点,一年四季都是女人在料理,男人在外面做泥瓦工,只有冬天,才会过来帮忙。

面皮劲道,有嚼头。调料,一样一样的,各种颜色,看着香,吃着更香。好多人都喜欢,小店的生意很红火。

此时,它对于一个干瘪了的胃,是一种难以抵挡的诱惑。

篷布里,摆着几张长条桌子,简陋但干净,围着桌子的都是人,满满的,几乎没有一个凳子是空着的。里面的人,有的在津津有味地吃着面皮,有的正焦急地等待着。靠着篷布的一角放着一个电暖器,圆圆的,暖暖的,像一个小太阳。外面寒风呼呼,里面温暖如春。

一辆可随时移动的三轮车,停在篷布口,玻璃把车围成一个长方体,玻璃一面写着"陕西面皮"几个字,红红的,像一面面小旗,在风中眨巴着眼招徕顾客。有时,沉默比语言更有力。底面是一块结实干净的木板,清一色的若干铁质小盆,一溜地排开,里面是十几种调料。被提前切好的面皮条,黄色的、白色的,堆在两个木质的筐子里,小山一样。

女人忙碌着,一刻也没有闲下来。一双手像一把铲子,把筐子里的面皮装在碗里,然后,送到男人面前的桌子上。然后,女人手里的勺子不停地飞舞在十几种作料上,如蜻蜓点水般,接下来又是运送。来来回回,女人不断地重复着,像重复着日子。

女人头上的发卡是只蝴蝶,一蹦一蹦的,仿佛在挣脱束缚,要飞出去。前面的刘海儿掉下来,遮住了女人的眼睛,女人腾出手来,往耳朵后面一别，就又忙活开了。

两筐面皮不多一会儿就见底了，女人看看等的人，急了，速度似乎更快了。那只蝴蝶也跳得更欢了。心想，就该提前多切一些要好。容不得埋怨，女人把一张面皮放在铁板上，双手握着刀的两边，噔噔噔噔，一刀刀下去，带着一股股风声，一张面皮就变成了无数的长条，数不清。看着，满眼都是刀，满眼都是面皮，一会儿上，一会儿下，让人眼花缭乱。

女人并不眼花缭乱。她十分专注，所有的精力和浑身的细胞都不敢出轨，现在，她的世界在缩小，缩小到只有她面前的刀、案板和面皮。她必须加快速度，必须让刀飞起来，才能追上生活。围在她周围的顾客，无言无语，却在用饥饿和焦急督促她，快点！快点！她不看那些眼睛，只看她手里的活，嘴里却不停地说，就好！就好！

男人也没有闲着，一刻也没有。

男人站在桌子旁，右手紧握炒瓢的把手，手臂不断地上下摆动，面皮上下跳跃，像一条调皮的小鱼，跃出界面，又一头扎进水里。没有一条越出炒瓢，它们都很克制，而这一切都来自男人的技艺。时间和重复是能练就技艺的。

液化气的火苗"扑哧""扑哧"地响，很有节奏，仿佛在为男人的表演伴奏。红色的火苗蹿上来，舔着锅底，也照着男人的脸，男人脸上红红的，皱纹里的烟尘瞬间被放大。男人的脸上铺着一层生活的颜色。

女人对着一个背着书包的男孩，大声喊："三儿，赶紧过来！帮忙！"

那个被叫三儿的男孩，十一二岁，小眉小眼，是女人的翻版。三儿并不恼火，一边放书包，一边应着：就来！小大人似的。然后，就帮着收钱，找钱，端炒好的面皮。

我突然想到了那些温室里长大的花草，三儿跟他们不一样，比他们多了抗旱抗冷的能力。我想，我得把这个孩子的故事告诉给我的学生们。

男人在忙着炒、忙着倒出倒入；女人在忙着装、忙着运来运去；三儿忙着收钱，忙着找钱。

一阵忙碌后，人渐渐少了。女人终于可以长长地出口气了。女人伸了一个懒腰，然后，把手展开，插到头发里，谁知，发髻扑簌簌地散开，头发摊了一肩，那只蝴蝶发卡掉在地上，翅翼一跳一跳的。女人蹲下身，拾起发卡，三下两下把头发绾成髻，可是，蝴蝶发卡始终插不进去。男人放下手中的活，走来，帮女人别发卡，动作多少有些笨拙。

那只蝴蝶就又飞到女人头上，翅翼一跳一跳地在舞蹈。

我回头看到那个扇形暖气，红红的，像太阳一样，把篷布里照得亮晶晶一片。

有骨头的仙人掌

我在阳台上养了一盆仙人掌,肥厚的掌上满是尖尖的刺,一根根,一条条,不折不弯,像它的骨头。仙人掌是有骨头的。

有了这骨头,它就什么也不怕,骄阳似火它也不躲,泥土皲裂如龟它照样呼呼地长。满阳台的花,都娇贵得很,公主似的,怠慢一下,就扭嘴变脸给我看。可它呢,一月两月不理不睬,也不闹不争。

这盆仙人掌原不是我的,想起他原来的主人时,我就不免往楼下看。我看到了进进出出的人,看到了他:他正在垃圾桶里翻捡,伸长了胳膊,弯下腰,一只手拿着一个编织袋,一只手拿着一根木棒,找到一个目标就把它放进编织袋,然后再翻,再放。

只要我站在阳台上往下看,不是下雨下雪,他总在。不是在绿色的垃圾桶旁翻拣,就是在灰色的墙根下整理。多数的情况下是一个人,有时,他的旁边还有一个女人。女人有时和他一起,有时手里端了一杯水,或拿了一条毛巾。

我不知道他姓啥叫啥,小区的人也不知道,但大家一说起那个捡垃圾的,就都知道是他。

是个老人。个小，身瘦，发白，左脚有点颇，腰有点弯，走起路来一摆一摆的，像企鹅。常穿一身黑色的衣服，手里常拿个编织袋，像是从黑白电影里走出来的人，也像是飘零在小区里的一片落叶，风把它带到这个垃圾箱跟前，又把他带到那个垃圾箱跟前。他呢，就拖着个编织袋从这个垃圾箱，走到那个垃圾箱。总有捡不完的垃圾，总有干不完的活。

他60多岁，住在小区的地下室，河南人。不见他儿子，常见他孙子，八九岁的样子，歪着头，斜着眼，身体跟根棍子似的直，跟在他后面，他推着一辆自行车。他是去送他上学或者接他下学。院子里的人都知道，他有一个智障的孙子。可是他儿子呢？有人说蹲大牢，有人说死了。是个谜，不得而知。

春天的时候，满院子的迎春花，一树一树地开，开了一树的阳光，开了一树的春天。每一朵，都向阳，张开的样子像鼓起的帆。树旁边的墙根下，书皮纸片、瓶瓶罐罐，零零散散摊了一地，像一些破碎了的日月。男人在一片一片地码，码好，踩瓷实，穿一根绳子在下面，两头一提，打个漂亮的结，三下两下，就成一个小捆。女人蹲在男人的旁边，把一个易拉罐，摆放直了在地上，脚一踩，"啪"的一声，易拉罐变成了一张歪歪扭扭的小圆饼。又"啪"的一声，圆饼躺在编织袋里，转眼没了影。

他们不说话，只顾干活，男人头上开始冒汗，女人的头上也开始冒汗。不知什么时候，女人手里拿条毛巾，端杯水，站在了男人旁边，说，他爹，歇会吧。

男人舔了舔干裂的嘴唇，"咕噜，咕噜"一口气把一杯水喝完。又接过女人手里的毛巾，"刺啦，刺啦"来回地在脸上抹了两把。双手捶了捶腰，又抬头看了看旁边的迎春花，说，这花开得真好！就又埋头干活。

真是个倔老头！女人嘟囔一句，也埋头干活。

我总觉得他们在拼接一些破碎的日子，那些日子经他们一打理，灰扑扑的底色上，还真开出了小小的花。像极了迎春花。

遇到节假日，小孙子没课了，就蹲在女人或者男人的旁边，痴痴地瞪着眼睛，歪斜着嘴，嘴角流着哈喇子，像条小河。他静静地坐着看男人女人整理，看出出进进的人，看一只小鸟，或者什么也不看，只呆呆地坐着。实在觉得没意思了，他就从那一小捆的纸片书报中，专门抽出那些零碎的纸片，然后，让它们变成飞机，变成小鸟，满天飞，好端端的一捆，立刻就散了架。男人也不恼，一边说着不要扔了，一边又重新捆。

某一日，我刚进小区门，突然从背后飘来一阵歌声，调子跑得老远，可声音中感觉总有勃勃的力在冒。扭过头一看，是他。正蹬着一辆三轮车，瘦小的身子，佝偻的背，一左一右地蹬着，蹬成一幅剪影，总感觉那里有魂立着。见了我，他停止了唱，难为情在脸上唰啦一下铺开，像剪纸的红。他呵呵笑了笑，说：老师下班了？

我也以笑回应着，说，大爷，这么冷的天也不休息？空气里塞满了冷，满满的，一点空隙都没有，大爷的车上也布满了冷，车把上的冷在发着白亮白亮的光。

他笑呵呵地说，不冷！不休息！跟你上课一样，一天也误不得。然后蹬起三轮车，歌声就又飘起。我突然感觉，我周围的冷都被他的歌声化开了。我突然冒出来这样的话：冷是打不败歌声的，打不败的。

可是，以后，我再看到男人和女人的时候，心里总像被蜜蜂蜇了般难受，在那片红红的疼上长出了一根根同情的藤，它不断地攀爬着，攀爬着，在烈日炎炎和严寒酷暑，在那小山似的三轮车压着单薄的身子时，它开始肆意蓬勃了。

我有了旧报废纸、瓶瓶罐罐的时候，就会拿一个袋子提下来，给他们，或者悄悄地放在了墙根处。起初，他们很不好意思，满脸的感激。有一次，我把旧书报提下的时候，女人急忙从口袋里掏出一把纸币，皱皱巴巴，有一元、两元、五元。一边往我手里塞，一边说，老师，把这个拿着。我赶忙阻止。她急了，山药蛋皮的脸上涨得红紫红紫的，说，这怎么行？看我走出去好远了，她的话追上来：老师，那你以后有了，放门口就行！我去取，免得您提来提去的。

以后，我有了废旧报纸什么的，就放门口，这样，也许他们会好受些。

有一天，我下班回来，远远地看到女人向我望。她手里捧着一盆仙人掌：青花瓷的花盆里，绿色的叶肉，一个连着一个，居然连成了一堵墙。女人说，老师，看你喜欢花，我也没什么值钱的花，这个送给你，耐旱，好养。

我本想推辞，可话到嘴边就拐了弯，好！我收下。谢谢你！我觉得，得收下。我不能让一颗心忐忑。其实，受施者的心里比给予者更不安。

看看眼前的女人，看看盆里的仙人掌，我觉得，女人就是仙人掌，男人也是。

绿萝青青

我居住的小区门口有一家鞋店，是一对30多岁的夫妻开的。

男人文静，性格腼腆，说话慢慢悠悠，轻声轻气，仿佛怕惊动了空气。很少见他说话，即使有客人来了，他也只是笑笑。他只顾埋头干活，坐在那里像一截木头。我想，文静可能就是他跟这个世界交流的方式吧。

女人则相反，说话快言快语，一个字赶着一个字，恨不能统统都把它们倒出才好。走路风风火火，后脚追着前脚，恨不能三步并作两步。

男人哪件事做得不合适了，女人的话就像倒豆子似的，啪啪地打向男人，男人不躲，也不恼，只是默默地做手里的活，仿佛女人的话跟他无关。女人还在哇啦哇啦地说，像个小广播似的。这下男人急了，只一句：还有完没完？！声音不大，但像惊雷，女人的声音立刻被炸飞了，然后，没了声息。

我第一次去他店里时，男人正给一位顾客擦鞋，女人正抱了一堆鞋去清洗。看得出，他们分工明确，一个负责擦，一个负责洗。

男人对着我笑了笑,并把脖子扭向了旁边的沙发,她是用头当手了,他的手没空,正擦鞋呢。这个男人太吝啬词语了。放沙发的台阶比下面的高出了一些,上面并排放着三张单人沙发,每两个之间有一个茶几,上面都摆着一盆绿萝。

绿萝绿莹莹的,长得很茂盛,就快遮住花盆了,可还在呼呼地长,没有要停下来的意思。叶片墨绿墨绿的,像涂了一层油。

他"谢顶"了。周围的头发稀稀疏疏,勉强地围成一个圈,像戴了一个发套。光秃秃的头顶,经它一衬,明晃晃的,也像涂了一层油。

男人拿着一把软毛牙刷,小心翼翼地把鞋沿上的灰尘清洁掉,然后,把清洁剂喷洒到一块毛巾上,清洁鞋面。从前到后,从左到右,不放过每一个角落。遇到污渍,他会很细心地一遍遍擦拭,直到没有一点污渍为止。

男人的一双手,细滑,像女人的手一样,手指上布满了白的黑的红的颜色,有几块红色的鞋油污渍点缀在手指上,像开出的几朵花。右食指上缠着一块胶布,胶布上油腻腻的。

店不大,也就 30 平方米的样子。但井井有条,南面靠墙的是一排鞋柜,一双双被打理过的鞋,套着塑料袋摆放在里面,整整齐齐,像队列。地上也放着一些,没来得及套塑料袋,也一样整整齐齐,像队列。

空气里飘散着一股鞋油的味道,淡淡的,可能是被空气清新剂稀释的缘故吧。

那位顾客打破了沉闷。是一位老人,可能为了打发时间,也可能是孤独,老人都这样——没话找话:"年轻人,你干这个好多年了吧,一看你就是个行家。"

十年。男人笑了笑，并不看老人，只顾埋头，擦鞋。

老人问一句，他答一句。老人大概觉得无趣，眼睛注视着茶几上的绿萝，自言自语地说："瞧这绿萝，长得多旺！不像我家的，病病歪歪的。"

一提到绿萝，眼睛一下被点亮了，灯泡一样，那些光哗啦啦地聚集在那盆绿萝上，那些叶片呢，经他的眼光一擦拭，仿佛得到了鼓励，更亮了。他的话也一下多了起来，帮老人分析绿萝不旺的原因，并传授一些经验，像一个资深的行家。总觉得，他是一个缺少词语的人，其实不然。

去了几回后，我渐渐发现，男人干活不偷懒、不耍滑，就说这鞋吧，其他鞋店的师傅只上一遍油，他呢，要上两遍。女人洗旅游鞋，也是一样的不偷懒、不耍滑，犄角旮旯里的老污垢，都不放过。因此，店里的生意就像那几盆绿萝一样，旺旺的。

我渐渐地跟他们熟了。他们从村里来，有两个孩子，一儿一女，女儿大，跟着他们，在城里的一所小学上学。儿子小，在农村，跟着男人的父母。它们在城里租房住。常见一个小女孩在店里，长得像男人，性格像女人。蹦蹦跳跳的，像蝴蝶，说起话来，叽叽喳喳的，像喜鹊。

某一日，我要去参加一个宴会，皮鞋需要打理，就急急地去了他们的鞋店。男人正准备锁了门回家，看我急，就折回身来，坐下，也不多言，只默默地埋头，擦鞋。这时，又进来了两个人，火急火燎的，看一眼我的鞋，看一眼手上的表说："师傅，快不快？"他并不说话，朝他们看了看，点点头。

男人的电话响了。男人从口袋里摸出手机，接通，顺势把手机往耳朵跟前一放，头向着肩部靠下来，手机像挂在了耳朵上。电话是女人打来的，声音噼里啪啦的，像暴雨，手机的屏也仿佛震动了几下。原来是让男人回家吃饭。男人只一个字：忙！

"今天是你生日，你不知道吗？我给你炒了你最喜欢的菜，还给你买了酒！"女人的声音噼里啪啦，又一阵雷声，在男人的耳边炸开。

男人只吐出几个字"一会儿！"就匆匆挂了电话，又埋头，擦鞋。但，男人的嘴角漾起了笑，浅浅的，很久都没掉下来。

这个大大咧咧的女人，其实很细心；这个话语枝繁叶茂的女人，对男人的爱也一样枝繁叶茂。这个文静的男人，其实内心也包着一团火，只是不善用词语表达。我看了看茶几上的绿萝，绿莹莹的，呼呼地长，感觉他们的日子也像它，在呼呼地长。

后来，我搬了家，距离他们的店很远，一直没去他们的鞋店。某一日，路过进去。

女人还是风风火火，进进出出，忙忙碌碌。却不见了男人，而埋头擦鞋的是另一个男人，是个20多岁的小伙子，长得像他男人。我纳闷："刘师傅呢？"

她脸上立刻暗下来，布满乌云，阴沉沉的，眼里的雨看着就要往下落："唉——没了，脑溢血，跌倒再没起来！"然后，转身，向着里间走去。

我惊愕了！这么好的一个人，怎么说没就没了？天灾人祸，真是料不到。

女人出来的时候，脸上的乌云没了，勉强地挤出几丝笑，像灰扑扑的地上开出的柔弱小花。是的，天塌了，也得顶着，男人走了，日子也得过。

我再看旁边的茶几，绿萝还在。叶片墨绿墨绿的，亮亮地闪着光，浓浓的叶片把花盆遮得严严的。我想，男人不在的时候，女人一样把它照顾得好好的。我突然觉得，男人没走，那些叶片上的亮光，是他的笑在闪。

从伤口上开出花来

（一）

　　小区院子里的桃花开了，光秃秃的枝干上，看不见叶，只有花。一朵挨着一朵，一个连着一个，每一朵都灿灿地开、喜滋滋地笑。树上有几只鸟，叽叽喳喳地叫个不停，仿佛在说：春天来了，春天来了！

　　这花香，这鸟叫，引出来好多的人。他们看花开，听鸟叫，脸上铺满了春色。

　　可是，树下石凳上坐着的女人不看桃花，也不听鸟叫，只是静静坐着。再好的春色仿佛都跟她无关，再艳的桃花她也无心观赏。她穿一件灰白色的风衣，一头卷发慵懒地披在肩上。她披一身落寞，有气无力地坐在那里，被桃花一衬，仿佛一截灰扑扑的旧时光。

　　我早晨上班的时候，她坐在那里，我下午下班的时候，她还坐在那里。

　　我很纳闷，她是谁呢？我在大脑里迅速地过了一遍小区里熟悉的背影，但实在搜不到。

黄昏的时候，我在院子里散步，光线稀稀疏疏地照下来，清清浅浅，铺满了春的气息。这个时候的院子很安静，只听到树上小鸟的叫声。她还在那个石头上坐着，桃花的影子在她身上影影绰绰。

我走过她身边的时候，终于看到了她：40多岁，脸上铺满了忧伤，怨气在她脸上不断地聚集，一双空洞的眼睛，满是苦痛和绝望。她痴痴地盯着一栋楼，不看天，不看桃花，也不看来来往往的人。

这时，从楼道们里走出来一个女孩，十一二岁的样子。她走到女人跟前，拉女人的手，说，妈，天冷了，回去吧。此刻，女人的泪珠，如断线的珠子，大颗大颗地往下落，跟着女孩向楼道走去，她的影子里满是忧伤……

（二）

年轻时的桃花，水灵灵的一朵花，艳丽得很，尤其是她的笑，像一朵阳光下绽放的桃花，闪闪亮。走在师范校园里，一股一股的香，引得男生的眼睛纷纷往她身上落。

有男生偷偷给她写纸条，有男生抢着帮她值日，有更多男生没话找话跟她搭讪，可桃花呢，一个也没正眼瞧过。

不是桃花的心没开，是她只对着他开放。她见了他，心就突突突地跳，像小鼓；她见了他，脸红彤彤的，赛桃花。可是，看不见他，她像丢了魂。她觉得"才下眉头，却上心头"说的就是她。

他长得高高大大、潇潇洒洒，可是少女心中的神。只一眼，她就怦然心动，只一眼，她就把他挂在了心上。

他不但人长得帅，能力也很强，班里不论组织朗诵比赛，还是书弗比斯赛，哪一样都少不了他。她对他说，我要嫁给你！

他听了，心里美滋滋的，像吃了块糖。他说，我会对你一辈子好！让你永远开得像桃花！

他生在农村，长在农村，是贫瘠土地上长出来的一根草；她生在城市、长在城市，是温室里开出的一朵花。他们的婚事，受到了她父亲的百般阻挠，说什么门不当、户不对，什么人你找不上，一朵鲜花偏要往牛粪上插！

她说，牛粪才能让花长得更美。她以死相逼，终于嫁给了他。父亲无奈，后来他调进了城，改了行。

他人机灵肯吃苦，辞去了工作，下海经了商，只几年，就买了房，买了车。

这日子，就像春天的桃花，红红的，惹人羡。

可是，突然刮过来一阵大风，这满树的桃花纷纷扬扬地往下落，往下落。为了另一个女人，他一句没办法，就决绝地离开了她。

（三）

苦命的女人，负心的汉！再厚重的海誓山盟就是一个瓷碗，不禁碰！一碰，就碎！桃花碎了的何止是婚姻，还有一颗心。

心碎了，天就塌了，这个可怜的女人，柔弱的肩膀，怎么能承受如此的惊涛骇浪？一颗心，被撕咬得一个窟窿又一个窟窿，鲜血一股股地往外冒……

过了几天，我下班回来，看到小区围着一群人，很纳闷，走近一看，是一辆"迷你"小车，落满大家奇怪的眼光。一辆米白色的小车，周身被五颜六色的广告色涂得五颜六色，像穿了一件怪怪的

"迷彩服"。

一些恶毒的、不堪入目的字，像一些蓄满愤怒的眼，在阳光的照射下，闪着寒森森的光。那些字更像是一把把锋利的刀，在车身上一顿乱砍。

有人说这是桃花干的。还说，桃花坐在桃树底下就是为了等这个女人，女人看到她跑了，车跑不动。活该！好好的，干吗抢人家的老公？指责像一把把刀又一波波地向着那辆"迷你"砍去，砍去……

桃花疯了！疯了！怎么能这样做？她本不该这样做的，本不该！

可能，人在绝望时，眼前一团黑，会迷失自己。可能，满腹的怨气，就像一团火，看到她，哪怕是她的东西，就会腾地燃起。燃了，心里憋着的气就出了。

可是，心里的这口气真能出吗？何必，何必呢？再说了，这样的男人还挽回他干吗？他要走就走吧，天塌下来，也不能把自己砸进去。

这个可怜的女人，是把自己砸进去了。我真替她担心。

（四）

院子里的桃花纷纷地落了，落了。

桃树底下的石头上不见了桃花，每次路过的时候，我总感觉她在，坐在那里，呆呆的。我又看一眼，没有了她，石头上除了几片飘落的花瓣，就是风，但，风过处，是呜咽。

有人说，桃花休假半年，去了江南，眼不见心不烦，散心去了。

我常见她的女儿，穿一身校服，扎一根马尾辫，在院子里牵着一位老人散步，老人是桃花的妈妈。有人看见他开着一辆宝马车，在小区门口等小女孩下学，提着一袋吃的，给女孩，女孩不要，转身就走，他紧追着，把东西往女孩怀里揣，女孩抓起东西，"啪"一下扔过去，东西撒了一地。看到的人啧啧称赞说，女孩，有骨气！

我听后，心疼，也凉，为女孩。

桃花不久都落尽了，远看，只有绿绿的叶，近看，花蕊里冒出一个个小桃子，绿豆一样大。

人们说，桃花回来了，气色好多了。

我前几天见到了桃花，是在小区的门口，她下班回来。见了我，笑了笑，笑容像桃花，看不出一点忧伤。再看她，一身棉麻衣裙，配一瀑秀发，脸上化着淡淡的妆，看上去很气质。一个女人能精心收拾自己，说明她懂得爱自己了。看来桃花已经把昨天翻过去了，真为她高兴！

后来，我看到他在门口等女孩，把东西给女孩的时候，女孩没有再拒绝。她在楼道门口正等着女孩，见了女孩，笑了笑，牵着女孩的手一起走进了楼道门。

桃花终于从伤口上开出花来！

明年桃花盛开的时候，桃花的日子也一样会盛开，像桃花，艳艳的。